KB184809

풍경, 오늘과 내일이 되다

강이 흐르는 아름다운 도시와
그 도시를 기억하는 모든 이에게

# 풍경, 오늘과 내일이 되다

2024년 12월 15일 발행

| | |
|---|---|
| 글 | 신연강 |

| | |
|---|---|
| 펴낸이 | 원미경 |
| 펴낸곳 | 도서출판 산책 |
| 편집 | 박윤희 |

| | |
|---|---|
| 등록 | 1993년 5월 1일 춘천80호 |
| 주소 | 강원특별자치도 춘천시 우두강둑길 185 |
| 전화 | (033)254_8912 |
| 이메일 | book8912@naver.com |

ISBN 978-89-7864-163-0   정가 15,000원

이 책은 춘천문화재단의 문화예술기금 지원으로 제작되었습니다. 춘천문화재단

수필집

# 풍경, 오늘과 내일이 되다

글 신연강

## 풍경, 오늘과 내일이 되다

인간의 삶은 풍경을 담는다. 세월에 따라 풍경이 달라지듯, 사람과 사회가 지나온 길에는 각기 다른 삶의 모습이 담긴다. 시간의 궤를 따라가는 인간은 현재진행형의 삶을 이어가기에, 과거는 현재로 이어지고 나아가 미래의 풍경이 된다. 책의 제목을 『풍경, 오늘과 내일이 되다』라고 지은 이유는, 지나온 풍경을 돌아보며 현재의 우리가 잊고 잃어가는 것, 보듬어 간직할 것, 그리고 미래를 향해 준비해야 할 것을 담아보고자 함이다.

책 속의 풍경은 느끼는 것으로부터 생각하고 추구하는 것으로 변화를 지향한다. 지나온 시간은 변화를 반영하므로, 우리는 그 풍경 속에서 간과했던 삶의 여러 의미와 가치를 발견할 것이며, 이에 기초하여 미래에 이어갈 가치와 삶의 본질을 추출할 수 있을 것이다. 큰 흐름 속에서 책 속 각각의 글은, 개인적 경험과 시대의 문화를 관통해서 읽는 재미를 제공하는 동시에 공감과 사유를 통해 인식의 지평을 미래로 확대할 것이다.

책의 구성은 세 부분의 글이 과거-현재-미래 시간(또는 시대)의 궤를 따라가며 자연과 사회를 투영하고, 전체 글은 하나의 유기체를 이루어 우리 삶을 조명한다. 삶이란 현재진행 상태에서 의미의 극대화를 이루어 미래를 지향하는 것이기에, 글 또한 현재진행형의 삶을 인문 사회적 관점으로 미래에 연결한다. 책 속의 풍경은 필자가 지나온 시간과 공간에 각인된 모습이지만, 그것은 우리 사회가 거쳐온 길이며, 모두가 함께 가는 길이기도 하다.

이 책을 쓰게 된 계기는 그동안 느끼고 생각해 온 것을 전문예술지원 사업을 통해 세상에 내놓고 싶어서였다. 이 작업을 통해 필자의 사유를 독자와 공유함으로써 작가와 독자, 독자-작가-사회 간 공감을 확산하는 계기가 되면 좋겠다. 소양강 수변을 따라 펼쳐진 아름다운 산책길에서 단아한 출판사를 만난다. 그리고 원고지 위에 머물던 글은 멋진 옷을 입고 독자를 만나는 꿈을 꾼다. 언제라도 걷고 싶은 길 위에서, 투박한 글에 정성 들여 반짝이는 옷을 입혀 준 〈산책〉을 바라보며 감사의 마음을 전한다.

# 차례

머리말

3장
—
너머로

1

정
겨
운

# 우 정

옷걸이를 물끄러미 보다가 시선이 바지에 멈추었다. 초점은 이내 바지를 꿰고 있는 벨트에 모인다. 이 물건은 배부르면 나를 관대하게 놔두다가도, 배가 고파 몸과 마음이 들썩일 때면 사정없이 주인을 조르는 고약한 성질을 가지고 있다.

가죽으로 된 이 물건이 내게 온건 중고명품 가게에서다. 이따금 들리던 상점의 입구에서 자신의 몸을 길게 늘이고선 여러 번 나를 미혹했다. 결국, 그 유혹을 뿌리치지 못하고 중고품 구매에 고액을 지급하며 입양을 하게 되었다. 그 이후로 여전히 고풍스러운 매력을 발산하고 있지만, 원주인原主人의 체형에 맞춘 터라 홀쭉한 내게는 잉여의 재산이다.

조금 특별한 물건이 하나 더 있다. 부드러운 가죽 재질의 갈색 지갑. 미국에 머물던 친구 집으로부터 오십 분을 달려 작은 공예품 가게에서 구입한 제품이다. 얼마 남지 않은 돈을 몽땅 털어서 마련한 물건으로, 자신을 키웠던 산과 물을 떠나 낯선 한국에 건너와 지금껏 나의 살붙이로 살고 있다.

사실 생각해 보면, 이처럼 모든 가죽 제품은 이율배반성을 지닌다. 태어난 고향과 살붙이를 배반하고 제2의 삶을 살면서 영화를 누린다. 한정된 삶을 연장해 더 장구한 세월을 살기도 한다. 때로는 주인 위에 군림하기도 한다. 보통 사람들이 생각지 못하는 몸값으로 비정상적 삶을 살기도 한다. 그러면서도 그들은 분명 떠나온 고향과 제 살붙이를 그리워하는 향수를 간직하고 있다.

특별하게 기억되는 벨트와 지갑. 원주인을 떠나보내고 내게로 와 언제까지 껌딱지처럼 붙어있겠다고 할 것인지 궁금하다. 삶을 마감할 때 같이해온 삶을 위로하며 함께 생을 마감할지, 아니면 또 다른 주인을 찾아 미련 없이 떠나갈지 자못 궁금하다.

# 풀베기

풀베기는 이율배반적이다. 자라는 생명을 단절시키지만 다가올 생명을 위한다는 점에서 풀베기는 이율배반적 행위다. 자연의 순리를 거스르나 질서를 부여한다는 점에서, 풀베기는 모순적이나 합리적이다. 하늘 높이 구름이 뭉게뭉게 피어나고 한낮의 태양이 쨍쨍 내리쬐는 들판. 군살 없는 흑갈색의 탄탄한 근육, 그리고 그 근육을 담보한 팔이 예초기를 율동적으로 흔들면, 송송 맺힌 땀 방울이 일직선으로 낙하한다.

'윙'하는 소리에 솟구쳐 날아가는 것은 한 떼의 벌이 아닌 잘게 썰린 잔디 잎. 회전 모터가 돌 때마다 곡선을 그리며 싱그런 잎들이 흩어진다. 때론 놀란 벌들이 솟구쳐 올라 혼비백산 흩어지기도 한다. 한낮의 작열하는 태양에 탄탄한 근육이 일사불란하게 움직일 때마다 아우성치는 초목. 귀담아듣는 이 없어도 풀벌레는 팔짝팔짝 뛰며 항의한다.

풀베기는 해방의 몸짓. 몸과 정신을 얽매었던 사슬을 끊고 대지의 자유를 부른다. 푸른 잔디가 담긴 그림에는 하늘과 나무와 돌이 저마다의 역할을 부여받는다. 이따금 찾아오는 소나기는 예의를 갖추지 못한 손님이다. 과격함으로 정평

이 난 소나기가 한참을 퍼붓고 나면, 대기는 폐부에 깊숙이 들어와 낮고 그윽하게 깔리고 반가운 흙 내음은 영혼에 깊이 침착된다. 흙이 가져온 변화의 촉감을 느낄 새도 없이 소나기는 세상을 지배하며, 사나운 기운이 다할 때까지 모든 것을 가두며 자유를 유보한다.

구름 걷힌 하늘 아래에는 해방의 전사가 있다. 풀베기의 대표 도구인 낫. 한 방향으로 굽어진 ㄱ자 모양을 볼 때마다 그 투철한 신념을 느끼게 된다. 이 도구는 풀베기를 숙명으로 받아들인다. 녹이 슬고 날이 무뎌 내던져지기까지 주어진 일을 무던하게 해가는 주인의 충복. 움직일 때마다 마주하는 크고 작은 저항을 과감히 잠재우는 불굴의 전사이다.

낫은 인류를 위해 불평 없이 성실하게 봉사해왔다. 한여름 농부의 땀을 듬뿍 먹으며 무질서를 정복하고 질서를 부여한다. 대지에 찬바람이 일면 한해의 결실을 모아 주인에게 희사하고 휴식을 준비한다. 때론 민초의 서러움과 항변을 위해 몸에 피를 묻힌 역사도 간직하고 있다. 그러나 의리의 존재로서 자신의 몸을 지탱해준 나무와의 우정을 간직하고, 장구한 세월을 견뎌온 은근과 끈기의 상징이다.

이율배반적 삶을 살아온 낫. 곡진한 삶 가운데 의지를 불태웠고, 사심 없이 거두어 아낌없이 되돌리며 살아온 가운데, 오늘 다시 주인의 명령을 기다린다. 풀베기라는 숭고한 명령을.

# 농부와 외양간

농가에서 빠지지 않고 찾아볼 수 있는 것이 외양간이다. 조금 형편이 나은 집이라면, 별채 외에 작은 창고나 외양간을 두기도 했다. 외양간은 사람이 머무는 곳이 아닌지라 특별히 난방 시설을 갖추지는 않지만, 한겨울의 모진 바람을 막고, 어느 정도의 통풍이 가능하게 만들어졌다. 이런 외딴 시설에 머무는 생명체가 바로 누런 털을 가진 순하디순한 소였다.

태어나서 살아가는 동안, 소는 농부와 함께 일과 휴식을 취했다. 소에게는 일생 남을 핍박하거나 못살게 하는 일이 없으며, 그저 주인의 주문에 따라 밭을 갈거나, 기둥에 고삐가 매인 채 팔자 좋게 빈둥빈둥 풀밭을 배회하는 일이 전부다. 매인 몸이 할 일이라고는, 달려드는 파리를 파리채 대용인 꼬리를 흔들어 쫓아내는 일이다. 간혹 신세타령하는 것인지 멍하니 들판을 바라볼 때가 있다. 동산을 다 담을 만한 큰 눈에는 구름이 떠가기도 하고, 슬픈 무언가가 언뜻 스치기도 한다. 악의 없는 생명체. 약육강식의 자연계에서 다른 생명체를 잡아먹거나 상처를 입히는 일도 할 줄 모르는 생명체가 과연 죽어서는 영혼이 있을까 하는 생각이 들곤 했다.

그렇듯 살아서 주인에게 충성하는 대가로 받아먹는 것이라고는 풀만으로 이루어진 미미한 음식이지만, 죽어서는 머리부터 꼬리까지, 뼈부터 가죽까지, 버려짐 없이 인간의 허기를 채우는 귀한 음식 재료가 된다. 영혼까지 발린 몸체가 미식가들과 보통 사람들의 밥상까지 책임을 지니, 누가 이런 생명체를 미워할 수 있겠는가. 다만, 살아서 농부의 끊임없는 보살핌이 필요하고, 이런저런 일로 농부와 정이 든 누렁소라면, 이 지순한 생명체에 배어든 애정은 각별한 것이다.

어릴 적의 희미한 기억이 난다. 한번은 시골에서의 무료한 시간을 달래고자 송아지를 상대로 놀고자 한 일이 있다. 어미 소의 감시와 통제를 피하여, 털이 갓 덮인 어린 송아지를 잡아 힘겨루기를 해보고 싶은 충동이 일었다. 털이 뽀송뽀송한 송아지는 굳이 묶어놓지 않아도 어미를 멀리 떠나지 않고, 어미 근처를 자유로이 배회한다. 어미의 행동반경이 미치지 않은 적당한 거리에서, 나는 새끼를 붙잡아 작은 뿔을 내리눌러 보았다. 송아지는 몸부림치며 머리를 일으키려 애쓰고, 나는 누르기를 반복하며 서로의 힘을 겨뤘다. 송아지의 힘은 생각 이상이었다. 하지만 이기려는 욕심에서 발화된 재미가 쏠쏠해서, 아담한 뿔을 잡고 누르기를 계속하자 울며 몸부림치는 새끼의 신음에 어미 소가 냅다 달려오는 상황에 직면하여 줄행랑을 친 적이 있다.

송아지를 장난의 대상으로 삼다니…. 소로서는 내가 얼

마나 못된 악동이었겠는가. 내 놀이의 대상이 되었던 생명체에 대한 할아버지의 정성은 대단하셨다. 엄동설한의 추위로 이불 속에서 옴짝달싹하기도 싫을 때, 할아버지는 험험, 기침하시면서 한밤중 또는 이른 새벽에 옷을 걸치고 밖으로 향하시곤 했다. 희미하게 들리는 소리를 통해 알 수 있던 것은, 외양간 처마를 걷고 할아버지가 무언가를 하시곤 이내 돌아와 자리에 누우셨다는 것이다. 후에 그것이 소에게 입히는 거적, 일종의 두꺼운 천과 짚을 엮은 보온용 등덮개였다는 것을 알게 되었다. 사람조차도 추위를 걱정하는 때에 말은 못 하지만 맨몸의 소는 오죽하겠는가. 할아버지는 누워서도 소를 걱정했으니, 소는 누가 뭐래도 한집에 머무는 식구였던 셈이다.

특이한 점은 소가 할아버지의 교통수단이 되었다는 것. 시골에 며칠 간격으로 장이 설 때면, 농가에서는 이것저것을 내다 팔곤 했다. 집으로부터 읍내 장까지 구불구불 십리 길을 걷는 동안, 할아버지는 때론 소를 타고 장에 도착하셨던 모양이다. 그래서 할아버지는 읍내에서는 '소 타는 기이한 노인'으로 관심의 대상이 되셨다고 한다. 집에서는 함께 일하며 머물고, 장에 갈 때는 말 없이 눈으로 소통하던 친구였으나, 만남이 있듯 이별도 있으니 그 순간은 각별했을 것이다.

애지중지하던 식구로서의 존재를 부득이 장터에서 팔고 돌아와야만 하는 길은 길고도 길었을 것이다. 낯선 존재를 따라가야만 하는 소는 원주인을 한없이 바라보며 눈물을 흘렸을 것이다. 낯선 사람의 손에 고삐가 쥐어지는 순간, 사지는 돌처럼 차게 굳었으며 온몸을 다하여 저항하였고, 심장의 피는 역류하며, 슬픔은 치솟아 코끝을 조여드는 고통을 잊고 몸부림쳤을 것이다. 가지 않으려 몸부림치는 소를 떠나보내며 돌아서는 농부의 눈에는 하염없이 눈물이 흘렀으리라. 돌아와서 빈 외양간을 바라보며 느꼈을 허전함은 몇 날 며칠 산산한 바람을 타고 산천에 배어들었을 것이다. 농부의 끼니는 겉돌고 영혼은 한동안 피폐했을 것이다.

오늘날, 반려동물을 품에 안고, 침대에서 끼고 자며, 밥을 챙겨 먹이는 살뜰한 보살핌은 나름 생명체에 대한 존중과 애정으로 보인다. 하지만 이처럼 살갑고 따뜻하게 보살피지 않아도, 함께 거주하며 일하고 투박한 손으로 등을 두드리며 위해주던 농부의 사랑은 이미 오래전에 자리하고 있었다. 콩깍지를 듬뿍 넣고, 작두로 숭덩숭덩 자른 옥수수 대 위로 마른 건초를 듬뿍 넣어 푹 우려낸 여물은 구수한 냄새를 풍기며 농부의 사랑을 집안 가득 퍼뜨렸다.

지금은 볼 수 없는, 기억에만 남은 큰 가마솥에서 김을 무럭무럭 내뿜던 구수한 여물. 아낌없이 여물을 퍼내던 농부의 투박한 손과 혹한의 겨울밤 잠을 거둬가며 거적을 덮어주던 농부의 사랑이 어쩌면 더 크고 다감하지 않았을까 하는 생각이 든다. 고적한 밤, 소가 짚으로 된 성긴 옷을 입고 행복해하며 달콤한 꿈을 꿨을 그 광경이 눈에 선하다.

# 한여름의 소나기

험상궂은 하늘. 먼 곳으로부터 두텁고도 새카만 구름이 다가온다. 대개는 적란운 같이 수직으로 솟은 뭉게구름이 순식간에 달려와 세찬 비를 뿌리기에, 시골 들판에서 겪었던 특별하고도 이색적인 기억을 떠올리게 된다.

초등학교 저학년 때까지 외동아들이었던 나는 어떤 이유에선지 방학 때면 경기도 시골에 있는 할아버지 댁으로 보내지곤 하였다. 시골의 자연 속에서 나뒹구는 것을 좋아해서인지, 또는 도심에서 생활하시던 부모님의 필요에 의해서인지는 알 수가 없었다.

지금은 신도시가 되어 도시 규모가 엄청나게 커진 양주. 그 위쪽에 자리한 포천이 조부가 사셨던 곳이다. 당시만 해도 교통이 열악해서, 할아버지 댁에 가기 위해선 담배 연기 가득한 시외버스를 타고 포장과 비포장 길을 오가며 3~4시간을 달려야만 했다. 속이 약했던 나로서는 멀미하며 갔던 길이기에, 힘들게 도착한 조부 댁에 방학이 끝날 때까지 눌러앉곤 했다.

할아버지 댁은 읍내로부터 10리의 비포장 길을 걸어 들어가야 했다. 10리는 약 4㎞ 정도 된다고 하니, 어린 나로서는 상당히 먼 거리였던 셈이다. 조부 댁에 도착한 날 이후로 내 삶은 아무런 제한 없이 동네를 돌아다니며 개천으로 멱감으러 가고, 뜰채로 고기를 잡고 동산을 오르내리는 일을 자유롭게 이어갔다. 그래서 방학이 끝날 때면 그곳 아이들과 다를 바 없이 얼굴은 새카맣게 되고, 온몸은 때가 꼬질꼬질한 아이가 되어있었다. 방학 때마다 가는지라, 제법 마을 아이들과도 안면을 익히고 재미있게 지내는 편이었다.

시골의 도랑은 송사리며 미꾸라지, 심지어 물방개, 소금장수 등 작은 수중생물들이 바글대는 그야말로 청정지역이었다. 산에서 내려오는 물이 밭을 지나고 논을 통과해, 다시 개울로 흘러드는 자연 그대로의 청정지역. 화학비료가 없어서인지, 아니면 농사꾼들이 쓸 줄 몰라서인지 시골 도랑은 1급 청정수로서 동네 아낙들의 빨래를 능히 감당해냈다.

눈에 선한 것은 무더운 시골의 여름 가운데 급변하는 날씨였다. 한여름의 정적은 온통 매미 소리로 뒤덮이다가도, 순식간에 산을 넘어온 먹구름이 소나기를 쏟아 내리면 초목은 사나운 물줄기로 휘청거리며 시뻘건 황토물이 사방으로 뻗어갔다. 너른 평지에서 온몸에 날아들던 사나운 소나기는 내겐 평생 잊지 못할 경험이었다.

그 일은 이웃집 아이들과 멱을 감고 돌아오는 길에 만난 소나기 때문이었다. 마을에서 멀리 떨어진 곳에는 '낭떠러지'라고 부르는 산비탈이 있었다. 경사진 산 위에서 큰 바위와 작은 돌들이 굴러 내려와 계곡 근처에 흩어져있고, 주변은 물이 돌아나가는 수량 풍부한 소沼와 맑은 개천이 합류하는 천연의 쉼터였다. 우리 일행은 자연의 놀이터에서 피라미도 잡고, 물장구를 튀기며 한여름을 즐겼다.

한참 논 후에, 누구랄 것도 없이 볕에 말렸던 옷을 차려입고 끝없이 펼쳐진 논을 따라 마을로 돌아오고 있었다. 그런데 누군가 대담하게도 수박밭 옆을 지나다 큼직한 수박을 낚아 챘다. 겁이 나기도 했지만, 한편으로 갈증이 나던 차에 너도나도 달려들어 순식간에 수박을 해치웠다. 모두가 킥킥거리며 아까시나무 그늘로 숨어 들어가서, 지켜보는 사람은 없는지 눈을 두리번거리면서 껍질을 내던지고 종종걸음을 쳤다. 개천 변을 지나 논밭을 어느 정도 빠져나왔을 무렵, 쿵쾅거리는 소리가 가슴을 서늘하게 했다.

높은 곳에서 지켜보던 먹구름이 우르릉 소리를 내기 시작했다. 평지 한가운데서 어디로 피할 새도 없이 퍼붓기 시작하는 소나기에 어쩔 줄 모르는 동안, 맏형격인 이웃집 진홍이는 논 가에 서 있던 옥수숫대를 척척 자르더니 설깃 엇대어 뼈대를 짜 맞추고 있었다. 인디언 캠프 같은 형태로 뼈대가 완성되자 주변의 나뭇가지들을 베어와 주위에 둘러 얹기 시작했다. 우리 다섯 명은 순식간에 그 안으로 빨려 들어갔고, 퍼붓는 빗줄기가 연출하는 자욱한 안개를 말없이 지켜봤다. 나와 동갑내기 쌍둥이 자매인 '선자'와 '후자'는, 내 양옆에 붙어서 한기로 인해 떨리는 몸을 달랬다.

땀과 비와 몸의 열기가 뒤섞인 좁은 공간에선 사람의 온기가 몸에서 몸으로 전해졌다. 시뻘건 황토물이 사방으로 뻗어갔으며, 운무가 높은 산을 내달려와 개천을 따라가며 소용돌이쳤다. 인간과 자연의 경계선에선 생각이 말없이 광활한 초원을 내달렸다. 문명 속 인간은, 때로 문명 밖 거친 야생을 그리워한다는 것을 후에 알게 되었다. 내 마음속에 늘 자연에 대한 그리움과 갈망이 있다는 것을. 오랜 시간이 지나, 내가 미국 문학에 경도되어 있을 때 소로우(H.D. Thoreau)의 월든(Walden)이 너무도 가깝게 다가옴을 알게 되는 이유기도 했다.

소나기로 인해 작은 공간에 갇혀있던 짧은 시간. 자연과 인간의 대척점에서 사람 사이의 관계가 얼마나 따뜻하고 소중할 수 있는지, 그 시간은 무언의 침묵 속에서 함께 느끼고 호흡하는 – 다시 경험할 수 없는 공감과 소통의 시간이었다. 소나기는 사납고 거칠게 으르렁대며 다가왔지만, 황야 속 여리고 작은 존재들을 서로 보듬어 주게 하는 고마운 존재였다.

# 밤길의 서낭당

어린 손이 앞서 어미의 손을 잡아끈다. 앞서기를 좋아하거나, 적극적인 성격이어서가 아니다. 자신도 모르게 발걸음을 재촉하는 이유는, 바람에 휘날리는 붉고 노란 총천연색의 만장이 바람에 거대한 형상을 기울이며 아이에게 다가오기 때문이었다. 거대한 존재, 큰 가지를 바람에 흔들며 기인처럼 휭휭 소리를 지르던 그 나무는, 겁에 질려 나무 옆을 콩콩 뛰어가던 어린 존재에게 낯설고 무섭던 서낭당 나무였다.

할아버지 집에 가기 위해서는 읍내 가장자리에 아담하게 자리 잡은 학교 옆의 제방길을 길게 따라가야만 했다. 학교 울타리가 끝나는 곳에서 조금 떨어진 지점, 산 아래 자리하고 있는 작은 마을에는 마을 사람 모두가 신성시하는 큰 나무가 한길을 덮을 정도로 위용을 드러낸다. 제방이 끝나는 지점에 우람하게 주리를 틀고 있는 그 서낭당 옆을 지날 때면, 성인조차도 음산한 기운을 느낄 만큼 적막감이 감돌곤 했다. 말할 수 없는 공포가 엄습하고, 크나큰 위압감은 어린 내가 모친의 손을 잡아끌도록 만들었다.

십여 리의 비포장 길을 먼지를 폴폴 내면서 지나오면, 개천 위로 놓인 작은 다리 건너서 마지막 관문을 지나야 했다. 큰 나무 아래 흙과 목재로 지어진 작은 집이 있어, 언젠가 마침내 "엄마 저건 뭐야? 뭐 하는 곳이야?"라는 물어보고야 말았다. "응, 저긴 사람이 죽으면 태워서 나를 때 쓰는 꽃가마를 집어넣는 곳이야." 어린 마음에는 이상하고도 무서운 곳으로 각인 되었던 곳이다. 마을의 상여 보관소. 그곳 역시 어린 나의 발걸음을 재촉하게 만드는 곳이었다.

시골에서 방학을 재미있게 보내던 중 우연히 그 근처를 지나게 된 적이 있다. 희뿌연 안개 속에서 멀고도 가까운 듯 불덩이가 옮아가는 광경을 보게 되었다. 불 구름은 한쪽으로 마구 달려가다가, 또 한순간 수직으로 솟구치다가, 이내 원을 그리며 수평선 먼 곳으로 사라지는 듯했다. 멀리서 흩어졌다 다시 하나로 뭉쳐 쏜살같이 다가오는 모습을 보면서, 아이들은 혼비백산하여 소리를 지르며 내달렸다. 너나 할 것 없이 논둑을 건너뛰다가 미끄러지는 아이가 있는가 하면, 논으로 굴러떨어지는 놈에, 질척한 흙에 고무신이 텅겨 나가는 녀석에, '엄마야'를 연신 질러대는 아이들…. 모인 아이들은 그곳에 귀신이 있다며 겁에 질려 도망을 쳤다.

논둑에서 미끄러져 고무신 속으로 끈적한 물체가 들어오고, 신발이 벗겨져 엎어지고 다시 주워 신으며, 고삐 풀린 망아지처럼 이리 뛰고 저리 뛰면서 – 공포심이 점화된 아이들은 모두가 나 살려라, 헉헉대고 킥킥대며 논둑을 건너뛰어 마을 안으로 줄행랑을 쳤다. 도깨비 불꽃이 그렇게 이글대며

풍경, 오늘과 내일이 되다

번쩍이다 산개하는 현상은 어린 시절 내내 신비스럽고 의문스런 일로 남았다. 심지어 심약한 어른들조차도 서낭당이나 상여 보관소 근처를 멀찌감치 돌아서 가는 일도 있었으니, 그러한 초자연현상에 대한 호기심과 궁금함은 오랜 세월 머리가 커가는 동안에도 뇌리에 점착되어 쌓여갔다.

과학이 발전한 오늘날에야 그런 신비한 현상은 반딧불이의 꽁무니에서 생기는 빛(루시페린이라는 물질이 루시페레이스라는 효소로 작용하여 산화되는 것으로서, 효소 작용에 의해 ATP와 합성되면서 중간 유도체인 아데닐루시페린이 생성되는 것)으로 인한 현상임을 알게 되었고, 그런 지역은 오늘날 주목받는 청정지역으로 선호된다니, 시간이 만들어 낸 자연의 아이러니가 아닐 수 없다. 격세지감! 아이가 호기심과 신비함으로 바라보던 세상은 이제 과학으로 철저하게 분석되고, 천방지축 뛰어다니던 성긴 풀밭과 비뚤배뚤한 논은 반듯하게 정렬되어 보기에도 좋은 전원 풍경이 되었다. 개천은 어느 곳이나 석축을 쌓아 반듯하며, 수심이 일정하게 유지되도록 수로를 시원시원하게 정리해 놓은 것을 보게 된다.

어릴 적 거목이었던 서낭당 나무는 줄기가 곳곳이 썩고 잔가지는 부러져 앙상한 고목이 되었는데, 그 길을 오가는 발걸음은 거의 보이지 않고, 반듯하게 포장된 시멘트 길 위로 이따금 자동차만이 유유히 지나간다. 더는 무서워할 일도, 더는 신비하고 의문스러운 일도 없는 시대에… 편안하고 안전한 삶 속에서 행복이 배가 되었느냐고 자문해보니, 꼭 그렇지만은 않을 것 같다는 생각이 드는 이유는 무엇일까. 잃어가는 것이 주는 아쉬움, 그리고 알아가는 것이 주는 아쉬움. 선과 악을 차치하고 무지와 명철을 떠나서, 우리 마음 속에는 "얻고 잃는 것, 또는 잃고 얻는 것"에 대한 미묘한 감정 또한 자리하는 것 아닌가 하는 생각을 해본다.

# 시골로 간 라디오

어린 시절 시골에서의 작고 사소한 일이 생각날 때가 있다. 그 가운데는 요즘은 볼 수 없는 자연 속에서의 소소한 놀이와, 뇌리에 남아있는 특별한 냄새, 또는 대기나 빛깔 같은 것이 포함된다.

생각나는 것 중에는 마을 아이들과 멱 감으러 가다 들판 가운데서 소나기를 만났던 일이나, 장대비를 맞으며 개천에서 버들치며 미꾸라지를 잡던 기억이 있다. 그리고 쏟아지는 빗속에 황톳빛 개울을 따라 퍼지던 진한 흙냄새, 한겨울 마을 동산에서 놀던 아이들이 모두 집으로 불려갈 때 엄습해오던 허전함, 더불어 땅거미 질 무렵 초가집 굴뚝으로 피어오르던 검푸른 연기와 골짜기에 퍼지던 군불 냄새 등은 오래됐지만, 아직도 기억에 선명하다.

이런 기억들은 수십 년이 지난 지금도 이상하리만큼 잊히지 않는다. 특히 전기가 없던 산골 마을에서 한밤중에 듣던 라디오 방송은 각별한 것이었다. 방학에 시골 할아버지 댁에서 묵는 겨울밤은 매우 길고 할 일은 없어서, 라디오는 칠흑 같은 산골의 긴 밤을 나게 해주는 유일한 친구이자, 허

허한 마음을 채워주는 꿀단지였다.

　세월 속에 사람이 변하듯, 라디오도 시간이 흐르면서 위상과 역할에 변화가 생겼다. 큰 덩치 덕분인지 모르나, TV가 드문 시절 라디오는 TV보다도 더 많이 사랑받고 전자기기를 대표하는 문명의 이기였다. 만담꾼, 스포츠 중계자, 톱클래스의 성우와 아나운서 등 화려한 스타들을 배출하던 문화의 마이다스였다. 공간의 굴레에 갇혀있던 사람들이 전파를 타고 영국과 미국 그리고 세계 각지로 날아다니던 상상의 마차였으며, 시간을 초월하여 고대로부터 조선을 지나 근대의 일상 속으로 넘나들던 타임머신이었다.

　그렇게 사랑을 받던 라디오가 어느 순간 담벼락 아래 쭈그리고 있고, 쓰레기 더미 위에 얹히며, 거리에 나뒹굴다 발에 차이고, 이 동네 저 동네에서 애물단지가 되어 다리가 부서지고 몸통이 뜯겨나가는 굴욕과 참담함을 겪는다. 그때 라디오는 TV의 화려한 광선을 부러워하면서 과거의 영화를 그리워한다.

　그래서 라디오도 변신을 꾀하고자 한다. 그런데 과연 현시대에 맞게 변신할 수 있을까. 마샬 맥루한(M. Mcluhan)은 라디오의 미디어적 특성을 원시 부족의 북에 비유한다. 흩어져있는 부족을 불러 모으는 원시인의 북처럼 라디오는 대중을 끌어들이는 원초적인 힘이 있다는 것이다. 인간의 본원적인 감성과 상상력을 자극해 강력한 정서적 반응을 끌어낼 수 있는 매체가 될 수 있음이다. 라디오의 특성은 다양하다. 시청자가 원하는 시간 언제나 들을 수 있는 일상성, 또 지역을 초월하여 어디서나 들을 수 있는 초공간성, 각계각층 다양한 청취자 참여가 가능한 지역 매체나 전문 매체로서의 기능성, 그리고 자본이나 정치적 규제로부터 비교적 자유로울 수 있는 점 등을 꼽을 수 있다.

라디오가 이런 장점들을 잘 살린다면, 앞으로 소수 집단을 포함하여 더 많은 다양한 계층을 대변할 수 있다. 나아가 청취자들을 좀 더 적극적으로 프로그램에 참여시킴으로써 쌍방향성의 커뮤니케이션을 확대할 수 있을 것이다. 그 외에 사회고발 및 풍자, 생활정보 프로를 강화하는 등 진보성을 강화하여 매체 경쟁력을 강화할 필요도 있다. 나아가 사회대담을 통한 비평을 확대하고, 청각 매체에 대한 지속적이고 적극적인 연구와 모니터링을 통해 종합 매체의 기능을 확대할 수 있을 것이다.

어릴 적 삶의 한 부분이었던 라디오. 수많은 시간 속에서 모양과 크기도 변했고, 매끄러운 외관과 화려한 색깔로 세련됨을 더했다. 심지어 투명한 존재로서 외형을 갖추지 않고 다른 기기에 얹혀 공생하기도 한다. 옛적 그 많던 자신의 팬과 지지자를 상실하였어도 결코 낙담하거나 좌절하지 않고 보이지 않는 곳에서 여전히 묵묵하게 본래의 역할을 마다하지 않는 라디오.

현대문명 속에서 예전의 화려한 위상을 되찾기는 어렵겠으나, 보이지 않는 곳에서 가뭄의 단비처럼 목마름을 적혀주는 고마운 존재다. 내게 라디오는 어릴 적 즐거움을 제공하는 원천이었고, 젊은 시절엔 위안과 평온함을 주었으며, 지금은 소통과 다독임으로 새롭게 다가온다. 아련한 추억이며 변치 않는 친구로서 변신을 꿈꾸는 라디오의 미래가 기대된다. 앞으로도 전파가 살아있는 한, 그 변함없는 우정과 위안은 계속되지 않겠는가.

# 맹꽁이의 기다림

맹꽁이의 바람이 무엇인지 알지 못한다. 맹꽁이가 무얼 그리 간절히 기다리는지 알지 못한다. 다만 녀석의 울음에서 배어 나오는, 인고의 시간을 넘어서는 그 어떤 간절함이 느껴질 뿐이다.

맹꽁이를 처음 만난 건 봄이 끝나갈 무렵. 개구리로 대표되는 양서류는 대개 강이나 하천 근처에 서식하는 것으로 알려져 있다. 그 때문에 두꺼비나 맹꽁이 등 개구리의 사촌쯤 되는 녀석들 모두 강가나 습지에서 모습을 드러내려니 했다.

이따금 저녁 식사 후 나는 산으로 향한다. 목적지는 산을 정지整地해 만든 도서관. 도서반납과 대출을 위해 찾는 곳이어서, 도시의 야경을 바라보며 이곳에 온 내겐 많은 생각이 흐른다. 이 와중에 파생되는 만남은 전혀 생각지 않은 것이다.

여름에 접어드는 어느 밤, 청소년 도서관 입구에서 맹꽁이의 고유한 울음소리를 듣는다. 산 위에서 맹꽁이 소리를 듣는 것은 특이한 일. "도서관에 온 맹꽁이라니"…. 기특하기도 하고, 참 별난 일이 아닐 수 없다. 가만히 살펴보니 주차장 옆 배수로 속에서 녀석은 밤 깊어가는 줄 모르고 울고 있다.

배수로 옆에 서 있던 한 청년과 눈이 마주쳤다. 그의 생각을 물었다. "신기한 생각이 드는데요… 내일이면 한낮의 뙤약볕에 타 죽을 것 같은 생각이 들어요." "그래요? 그러면 어떻게 하는 게 좋을까요?" 그의 생각을 재차 물었다. "동물구호 단체에 연락하려는데… 배터리가 없어서 충전 후에 연락하려고요." 나로서는 도서관에 온 맹꽁이 다음으로, 맹꽁이를 생각해주는 이 청년이 또 기특했다.

관내로 들어오는 길에 마주한 사서에게 맹꽁이 얘기를 했다. 그는 이미 그 상황을 파악하고 있었다. "맹꽁이가 도서관에 온 이유는 아마 짝짓기를 하기 위해서일 겁니다."… "정말 맹꽁이다운 처신"이라는 생각을 하면서 웃음을 꾹 참았다. 사서의 말이 사실이라면, 도서관 측도 굳이 무거운 쇠덮개를 열어젖히고 '맹꽁이 이송 작전'을 펼칠 이유는 없는 것이다. 한편으로는 그만큼 청정한 지역이라는 반증도 되는 셈이니, 녀석이 뭘 먹으면서 버틸까 하는 걱정 아닌 나의 걱정은 부질없는 것이었다. 맹꽁이는 그렇게 잊혀갔다….

수개월이 지나 오늘 다시 그 맹꽁이를 만난 것이다. 그동안 어디서 무얼 하다 나타난 걸까? 책을 잡기 전에 궁금함이 솟구쳤다. 그 궁금함은 맹꽁이의 지순한 사랑 내지는 한결같은 기다림으로 이어진다. 아무리 생각해 보아도 한밤중 이어지는 맹꽁이의 울음을 통해 해답을 찾기는 요원했다. 산으로

온 맹꽁이. 그리고 한동안 떠났다가 다시 돌아온 녀석. 맹꽁이의 바람이 무엇인지 알지 못한다. 한없이 맹꽁스럽게 짝을 기다리는 것인지, 또는 다른 이유가 있는 것인지.

변하는 시대에 미련하게 자기 고집을 부리거나, 다른 이들과 소통할 수 없다거나, 또 시대에 뒤지는 생각을 변함없이 껴안고 있는 사람을 우리는 '맹꽁이'라고 불러왔다. 지금 밖에 있는 저 원조 맹꽁이가 살기를 원하면 어떻게든 배수로를 돌아서 헤집고 나갈 것이다. 그런데도 저렇게 한 자리를 고수하며 처절하게 울고 있는 녀석이 하루가 멀다고 변화와 변신을 거듭하는 이 시대에 신기하게만 느껴진다.

문명과 자연의 공존. 문명의 발전과 정보 혁신에 따라 적절한 변화가 필요하지만, 한편으론 가변적이지 않은 것을 찾기가 어려운 세상이다. 권력과 자본에 따라 마음이 부유浮游하고 부침浮沈이 있는 세상에서, 변하지 않는 인간존재는 원하든 원치 않든 맹꽁이로 치부置簿되기 십상이다.

맹꽁이의 바람이 무엇인지 알 길이 없다. 하지만 녀석의 한결같은 바람과 처절한 기다림이 이루어지길 기대한다. 맹꽁이가 특유의 고집과 우직한 근성으로 기다림을 성취하길 응원한다.

# 오래된 동네

동이 트면 어스름한 미명 속에 작은 흔들림이 있다. 그 움직임은 습관처럼 동네를 한 바퀴 감아 도는 주민의 일상일 수도 있고, 동네 미화원(시청 또는 복지관 어디선가 파견되는 시니어 청소 어르신)일 수도 있다. 밤새 시장 노포 한 귀퉁이를 덮었던 포장을 걷듯, 누군가는 밤 동안 동네를 감쌌던 포장을 걷는 것처럼 그렇게 동네의 아침은 시작된다.

막역하게 알고 지내는 화가의 그림 속에 오래된 동네가 남아있다. 그의 수채화 속에 담겨있는 좁고 긴 골목길. 금이 간 담벼락과 세월의 무게를 고스란히 이고 선 허름한 집을 지탱하는 낡은 기둥과 기와지붕. 오가는 사람 없어도 골목을 오간 사람들의 흔적과 자취가 그림에 배어있다.

내가 머무는 곳 또한 오래된 동네다. 대로변을 살짝 벗어나, 큰 빌딩 뒤로 고만고만한 집들과 여러 정형화되지 않은 세월의 갑주를 걸친 다양한 형태의 집들이 모인 곳. 2~3m의 도로 양쪽으로 작은 상가와 원룸, 그리고 일반 집들이 얽히고설켜 촘촘히 자리한다.

안으로 한 블록 들어가면, 좌우로 어깨동무하듯 이발소

와 미용실이 자리한다. 이발소임을 알리는 회전 간판이 빙빙 돌아가는 '공지로 이발소'엔 오랜 단골들이 들락거린다. 한 곳에서 40년 이발을 해왔으니 생生을 달리하지 않은 단골들은 멀리 이사한 곳에서도 여전히 이곳을 찾는다고 한다. 건너편에는 몇 년 전 새로 개업한 '여울 머리방'이 있다. 작고 아담한 곳이라 손님 몇이 동시에 방문하면, 늦은 발길을 그만 돌리거나 따스한 담벼락에 기대어 얼마간의 오수를 즐겨야 한다. 조금 더 올라가면 슈퍼 이름이 특이한 가게, '슬라브 슈퍼'가 자리하고 있다. 단층 건물로 지붕 쪽을 슬라브로 마감해서 그렇게 명명했을 것이나, 지금은 몇 층을 더 올려서 3층 건물이 되어버렸다. 얼마 전 가게는 문을 닫았다. 세월의 흐름을 이겨내지 못한 아쉬움과 고달픔이 배어있다.

한 구역을 더 가면 인제 덕장에서 가져온 황태를 선보이는 '효자황태구이' 식당이 있고, 점심과 저녁을 정갈하게 한 상 차려내는 '한아름밥상'이 보인다. 발걸음을 조금 옮겨 남춘천 다리를 건너면 50여 년간 한 자리를 지켜온 장인이 자전거 서비스를 한다. 눈 감고도 자전거를 척척 분해 또는 수리, 점검할 정도이니 단골도 많거니와, 간단한 서비스로 수많은 자전거 이용자들에게 편의를 제공해왔다.

얼마 전 이 일대의 통행을 차단하고 촬영한 영화 '헌트'가 나름 인기를 얻었다고 하니 영화에 더욱 관심이 간다. 빨간 담벼락을 배경으로 촬영하고자 장소 섭외자가 우리 집을 방문하기도 했으나 실제 촬영으로는 이어지지 않았다. 그런 오랜 동네이니, 오랫동안 이곳에 거주한 사람들에겐 동네의 모습이 과거로부터 현재로까지 이어질 것이다. 성장기를 이곳에서 보내고, 또 장년기 후반에 이곳을 지키게 된 내게도 오랜 과거의 추억을 담아낸 시간의 흐름이 그려진다.

오래된 동네엔 '무엇이 남고, 앞으로 어떻게 변할까'하는 호기심과 걱정이 공존한다. 오랜 동네에는 두 가지가 함께 머문다. 바로, '관심'과 '근심'이다. 전자는 삶의 터전에 관련된 것이고, 후자는 나이 든 분들의 생사와 관련된 것이다. 집이 다닥다닥 붙어있던 지역의 작은 집이나 건물은, 대개는 헐려서 대규모 아파트 단지로 변하거나 상점으로 변하고 있다. 가끔은 원룸이나 공원 또는 주차장으로 탈바꿈하기도 한다. 동네에서 부지런히 삶을 꾸리던 어른들의 경우, 수십 년의 세월 속에 이제 노구를 이끌고 동네를 한가로이 오가거나, 보이지 않는 경우 이사했거나 지상에서의 삶을 마무리한 경우가 많다. 이것이 세월 속에 오래된 동네가 변하는 모습이다.

한번은 어릴 적 살았던 곳을 우연히 지나게 되었다. 초등학교(당시는 국민학교라 칭함)가 끝나면 아이스케이크 통 같은 사각형의 가방을 등에 짊어지고 털럭털럭 소리를 내며 기나긴 길을 헤집고 집으로 돌아왔다. 굽이도는 좁은 길목 길에서 누군가를 마주치면 한 사람은 몸을 비켜서야만 했다. 사회 전반적으로 어렵던 시절에 도둑이 많아서였는지, 담엔 철조망을 감아놓기도 하고 또 어떤 집은 깨진 병 조각을 담

위에 박아놓기도 했었다.

외진 골목길을 돌던 어린 나도 언젠가 험악한 사내(깡패)를 만나 푼돈을 뜯기기도 했고, 개에 쫓겨 황급히 골목길을 내달리기도 했다. 또 여러 번 개의 묵직한 분비물을 밟아서 퀴퀴한 냄새를 떨치지 못하고 울상 짓고 돌아온 적도 있었다. 그렇듯 오래된 골목길은 다채로운 풍경을 담고 있다. 집 근처에 이르면 마지막으로 작은 언덕이 나타났고, 그 비탈길을 땀을 내며 오르면서 좌. 우에 커다란 축대 사이를 빠져나오면 앞이 탁 트인 계곡이 나타났다. 그 양쪽 비탈면에 집들이 옹기종기 들어서 있던 그곳으로 우연히 발길이 향했다. 어릴 적 그렇게 가파르고 높았던 언덕과 변하지 않은 골목길 주택들이 옛 모습을 간직한 채 건재하다는 것이 예상 밖이었다. 십 년이면 강산이 변해서 마을 전체가 송두리째 없어진 곳이 허다한데, 어릴 적 가난했던 시절의 포근한 보금자리가 되어준 마을 지형이 아직 그대로 존재한다는 것 자체가 신기했다.

한 가지 재미있는 발상을 해본다. 광활한 우주에서 우리 지구를 바라보면 어떤 느낌이 들까. 사실 우주비행사를 제외한 대부분 사람이 직접 지구를 본 적이 없다. 그런데도 우리는 우주에서 바라본 지구의 모습, 지구 사진 등을 통해 직접 지구를 보고 잘 알고 있는 것으로 생각하고 있지 않은가. 푸른 별 지구 행성, 그 속에 살면서 아름답고 건강한 우리의 행성 지구를 지키기 위해 할 수 있는 일은 무엇일까 생각한다면, 기후 위기, 핵전쟁, 국지적 전쟁, 기아, 환경파괴 등에 대해서 진지하고 심각하게 고민해야 한다는 생각이 든다.

지구별 행성. 그 오래된 곳으로부터 내가 존재하고, 태어나 자랐음을 생각하면 참 고마운 일이다. 개개의 지구인이 더불어 함께 하는 지구의 삶과 운명. 우리 모두 언젠가는 태어난 고향의 흙으로 돌아갈 일이기에 더욱 그러하다.

당신은 누구입니까

태양이 하루를 내려놓으면
도시는 별에 앞서 불을 피워내고
노랗고 파란 네온사인을 쫓아
발갛게 달구어진 알몸의 도시가 온다

빅뱅이 있었다
초신성이 번쩍였고
서로의 별을 묻던 꼬맹이들은
각자 자신의 별로 가서 잠을 자고 일을 하고
매년 해를 집어삼키며 만나고 떠나보내기를

138억 년의 기억.
오늘은 지구에 서서
코로나가 창궐하는 도시를 걷고
마스크를 하고 쇼핑을 하고
술잔을 기울이며 안녕을 기원하고
집으로 돌아가면, 다큐멘터리 속 아메바가 손에 잡혀

눈이 되고 혀가 되고 세포로 주렁주렁 뻗어가다가
이내 바람이 되어 고향 별을 향하고

별이 흔쾌히 받아주는 이유는
빅뱅 때 행성 일부를 가져왔기 때문이라는데
바람은 묻는다
고향을 떠나온 동안 무엇을 했나요,
우주의 밤하늘을 돌아 지구여행을 했습니다
이제 어디로 가지요,
고향으로 갑니다
그럼, 당신이 생각날 땐 어떡하죠,
밤하늘을 곰곰이 바라보세요
빅뱅과 원자와 우주를 생각하면서

새해가 되니 더 궁금합니다
당신은 누구입니까

– 신연강, '당신은 누구입니까' 전문


오래된 동네는 내 마음의 고향이다.
오래된 동네는 내 마음속에 산다.

# 유정을 만나는 봄

봄은 길을 내어준다. 길은 어디에나 있으나 봄이 주는 길은 사람에게로 가는 길이고, 사람을 불러 모으는 길이다. 긴 겨울을 지나 김유정이 나선 길. 사람들은 길을 지나며 유정과 인사하고 유정을 바라본다.

전철 교각에서 사람들을 바라보는 젊은 김유정. 정겨운 눈길로 2025년의 사람들을 바라본다. 1930년대의 삶을 바라보듯, 그는 여전히 순박하고 따뜻한 눈으로 행인行人과 장터 사람들을 바라본다.

장터에서 만나는 것은 봄. 사실은 봄이 장터를 마련하고, 장터는 사람들을 불러 모아 또 하나의 삶을 만든다. 사람들은 산과 들에서 봄을 거두어 이곳에 풀어놓는다. 쑥이며 냉이와 달래 등의 봄 채소는 겨우내 간직했던 것을 세상에 내밀자마자 호기심 어린 사람들 손에 넘겨진다.

상인들은 겨우내 아끼었던 것을 풀어놓는다. 발걸음을 부지런히 옮기고, 말을 풀어놓으며, 손짓하고 웃음을 건넨다. 추운 계절 동안 꽁꽁 감싸놓았던 것을 봄을 빌어 내놓는 것이다. 알고 보면 그들이 내어놓은 것 대부분은 사실 봄에

　　　　　　　　　　　　풍경, 오늘과 내일이 되다

저당 잡히거나 빌려온 것이다. 농부들이 사용할 호미며, 괭이, 삽, 가래 등도 모두 봄을 위한 것이기 때문이다.

장터는 천인행天人行, 만인행萬人行의 어울림. 장터는 수천의 사람이 다져놓은 것, 셀 수 없는 사람의 땀과 마음과 작품을 풀어놓는다. 울릉도 호박 엿장수, 전라도 각설이, 풍물공작소, 비린내 풍기는 고등어 장수, 큰언니 동태 집, 옛날 호떡과 찐빵, 둘이 먹다 하나 죽는다는 도넛, 신북면 올챙이국수 등 빠지면 섭섭할 수천의 작은 노점과 풍물 가게들…. 장터는 수천의 손길이, 수만의 발길이 다져놓은 삶의 발자취다.

장터는 또한 살아있는 역사이며 전장이다. 일제 강점기의 암울했던 시간을 풍자와 해학으로 이겨내고자 했던 유정. 그가 바라보았던 시대는 지났지만, 그 민족, 그 후손의 의연한 결기와 인내와 활력이 연연히 이어져 오가는 사람들의 발걸음엔 활력이 돋고 흥이 살아난다. 장터는 사람들의 무수한 사연을 담아내는 거울. 거울에 비친 사람의 모습에선 시대를 굳건하게 견뎌온 세월의 흔적이 있다. 인생 한길을 또는 수십 년 노정을 천직에 담아 과일과 채소, 그릇이며, 공예품에 담아낸다. 또 식품에 담아낸 대를 이은 손맛은 장구한 시간을 이어온 얼과 정서情緖를 선사한다. 장터는 살아있는 존재에게 주는 삶의 여정이지만, 때론 아쉬움이 없을 수 없다. 쌓아 놓은 삶의 흔적과 생활 속 자산이 시간의 흐름 속에 어느새 곁에서 사라진다, 발길처럼, 바람처럼, 음영처럼.

오늘날 우리는 장터에서 기억을 소환한다. 현대화 속에

서 사라진 것들, 그리고 사라지는 물건들이 바로 이곳에서 얼굴을 내밀기 때문이다. 장터의 물건으로 말미암아 지난 시간 속에서 껴안고 살았던 것과 잊었던 것을 다시 보고, 느끼고, 회상한다. 그리고 마침내는 추억을 끄집어내서 과거의 따스함과 행복을 소환한다. 구체적인 것이 주는 시간 여행은 정신적 충만감과 행복을 견인한다.

장터에 오면 또 그리움을 만나게 된다. 함께 얼굴을 맞대고 살았고, 정을 나눴으며, 정담을 나누었던 이웃들이 길을 따라와선 장터에 모인다. 소식이 끊기어 궁금했던 이웃이며, 생사의 갈림길에서 다시 길 위에 모습을 드러낸 지인이며, 어디선가 본 듯한 친근한 도시민들이 서로서로 어깨를 부딪고, 발걸음을 각자 저만큼 재촉하여 어울리는 마당이다.

구경꾼들이 모인 곳으로 자신도 모르게 향하는 발걸음. 상인의 구수한 입담에 자신도 모르게 끌려들어 물건을 사는가 하면, 다른 어느 곳에서 살 수 없는 싱싱한 채소며, 생선과 과일이 입맛을 돋운다. 새로 세상에 얼굴을 내민 들나물과 채소라면 단연 환영받을 물품. 한 손 두 손 덤을 얹어주는 시골 할머니의 거친 손이 곱고 아름답게 보이는 곳도 이맘때다.

계절이 오고 가듯, 발길이 오가듯, 생각이 오가듯…. 그리고 돈, 생선과 쌀, 헛기침과 농담…. 그리고 사람 오가듯, 세월 오가듯, 인생 오가듯이, 그렇게 삶이 오가는 곳 – 장터에서 유정은 2025년의 봄을 담담히 바라본다.

해 저무는 장터 길에 유정이 다시 서 있다. 장바구니를 가득 담아가는 행인의 등을 인자한 미소로 떠밀어주고, 지쳤으나 준비해온 물건을 다 팔고 짐을 싸는 상인을 흐뭇한 얼굴로 바라본다. 전철을 타고 장터와 풍물놀이를 둘러보고 후한 인심을 껴안고 돌아가는 멋쟁이 노인에게 손짓하며 배웅한다.

모이고 다시 흩어지는 길. 그 위에선 따뜻한 마음과 애달픈 사연, 삶의 파도를 헤쳐 가는 무너지지 않는 목소리가 하나가 되고, 저마다의 색깔이 모여 삶이라는 모자이크가 생겨난다. 장터로 연결된 길은 생명을 낳고, 그 생명은 모든 발걸음을 오늘, 내일 그리고 또 다가올 미래로 인도할 것이다.

# 실뜨기 놀이

시골의 밤, 어둠은 깊고 적막함은 컸다. 아주 오래전 전기가 들어오기 전의 일상은 호롱불을 통해 소환된다. 어렸을 때 방학이면 조부 댁에 갔었던 기억이니, 문명의 총화가 활짝 피어 전국을 환하게 밝히는 지금에 비하면 격세지감이 든다.

그야말로 호롱불을 밝히는 장면은 이제 영화에나 남아있음 직하며, 시골에서조차 호롱불을 얹어놓던 나무 선반이나 등잔 등의 기물이 남아있기는 한지도 의문이다. 기억에서조차 희미한 호롱불이지만, 창호 문을 통해 밖으로 비치던 짙은 그림자와 온기는 기억에 또렷하다.

밤이 깊을 무렵, 엉성한 담 하나를 사이에 둔 옆집에 염치 불고하고 들락거린 적이 있다. 몇 가지 이유를 꼽을 수 있겠지만, 가장 큰 이유는 시골에서의 무료하고 긴 겨울밤을 마땅하게 보낼 방법이 없어서고, 다음으로는 그 집에 동갑내기 쌍둥이 여자아이들이 있어서였다. 해서 밤에 그 집 어른들이 말을 간다거나, 읍내에서 늦게 돌아온다는 정보를 입수한 때면, 더없이 즐거운 발걸음으로 이웃집으로 향하곤 했다.

도심에서 비교적 고생 없이 자란 아이였기 때문인지, 순박한 시골 아이들은 내게 한 번도 오지 말라거나 싫은 표정을 비추지 않았다. 물론 그것은 다른 집에 비해 식구가 많은 그 집의 열린 성향 탓일 수도 있다. 부모를 빼고 아이들만 6~7명에 해당하는, 지금으로 치면 대가족 중의 대가족인 셈이다. 제일 맏이인 장녀, 다음으로 나보다 3살이 많은 장남, 그 아래로는 나와 동갑내기 여자애 둘 – 그들의 이름은 선자와 후자(앞서거니 뒤서거니 나온 이유로)였다. 또 그 아래로 여자애와 막내 남자아이가 있다. 그런데, 지금 생각하니 공간은 커다란 방 하나였던 기억이 난다. 어찌 그런 일이 있을까마는….

그 기다란 집에, 시골에서의 무료한 겨울밤을 보내기로는 실뜨기 놀이만 한 것이 없었다. 뜨끈하게 데워진 구들방에 널찍한 이불을 펴고, 맘이 동하는 동무끼리 붙어 앉아서 서로를 바라본다. 실 다발에서 적당한 길이로 실을 잘라 손에 얼키설키 엮는 과정은 서로의 마음을 엮는 시간이었다.

실뜨기 놀이의 신비함은 안과 밖에 있었다. 밖으로 비치는 실뜨기는 그야말로 원시적인 신비함이다. 그 신비스러움은 문명이 덜 발달할수록 더욱 인상 깊게 다가온다. 호롱불이나 희미한 백열등 아래 창호 문으로 비치는 그림자는 온갖 종류의 형태를 지어낸다. 두 명이 마주 앉아 얼키설키 손으로 실을 댕기거나 엮다 보면, 창호 문밖에선 뿔 달린 사슴이며, 토끼, 그 밖의 여러 동물의 모습을 보게 된다. 시간이 지나 그 광경을 되돌아보니 한 시인이 표현한 시구가 떠오른다.

미국 시인 아키볼드 머클리시(Archibald MacLeish)는 달밤 나뭇가지가 뻗은 모습을 마치 달이 나뭇가지를 풀어놓은 듯하다고 표현한다.

시 법

시는 달이 오르듯
시간 속에 움직임 없이,

얼기설기 엉클어진 나뭇가지를
밤새 달이 하나하나 풀어놓듯이,

겨울 잎에 가린 달이
마음속 기억을 하나하나 풀어놓듯이,

시는 달이 오르듯
시간 속에 흔들림이 없어야 한다.

ARS POETICA

A poem should be motionless in time
As the moon climbs,

Leaving, as the moon releases

Twig by twig the night-entangled trees,
Leaving, as the moon behind the winter leaves,
Memory by memory the mind—

A poem should be motionless in time
As the moon climbs.

– 아키볼드 매클리시, '시법' 부분

 알고 보면 동양이나 서양이나 할 것 없이 사람과 사람이, 또는 사람과 자연이 함께 어우러지는 광경은 정겹기 그지없다. 어릴 적 기억 속에 머물던 실뜨기 놀이가 내게 다시 찾아온 것은, 미국 작가인 커트 보니것의 소설 『고양이 요람(Cat's Cradle)』을 접했을 때였다. 나는 그가 왜 작품명을 '고양이 요람'으로 했는지 궁금하기만 했다. 그가 살아있다면 만나서 물어보고 생각이 들었다.

 궁극적으로 실뜨기에는 공간의 의미가 있다. 이는 아주 가깝지 않으면 할 수 없는 놀이이므로, 사실상 몸에서 몸으로 온기가 전해지면서 감성이 공유되고 공감대가 형성되는 놀이가 된다. 그러면서 놀이는 마음을 같이하면서 정이 드는 공동체의 행위로 승화한다.

 현대의 놀이는 혼자만의 게임인 경우가 많다. 손에 쥔 스마트폰을 통해 혼자만의 세계에 빠지는 21세기 첨단 문명보다, 투박한 손을 맞대며 온기를 느꼈던 물리적 거리의 공간, 마음을 체감했던 그때 그 순간이 소중하게 생각되는 까닭이다.

　타임머신을 타듯 흘러온 시간의 강에서 돌아갈 수 없는 그때, 그 시절 '실뜨기 놀이'의 시간이 그립다. 실뜨기하던 동무들. 지금 그들은 어디서 어떻게 살고 있을까? 오래전 기억 속에 예쁘고 순박했던 아이들의 모습이 떠오른다. 실뜨기의 온기가 그리운 날에 그들의 얼굴이 아련하다.

# 당나귀의 길 vs 인간의 길

근대 건축의 거장 르 코르뷔지에(Le Corbusier)는 곡선은 '당나귀의 길'이며, 직선은 '인간의 길'이라고 했다. 그 이유는 인간이 직선을 통해 효율의 극대화를 추구했으며, 일상의 삶에서 직선을 아주 유용하게 사용하게 되었기 때문이다. 직선은 많은 건축물에 적용되었고, 직사각형과 정사각형을 비롯한 직선을 활용한 설계는 공간의 효율성을 극대화한 방법이 되었다.

가끔 중세의 그림 속에서 마을과 성곽을 잇는 길을 보게된다. 마을을 도는 우곡迂曲한 시골길은 조야하며, 성으로 통하는 길은 제멋대로지만 어떻게든 성에 연결된다. 이러한 길은 시간을 단축하거나 공간의 효율과는 동떨어져 있지만, 무심히 한가롭게 걸을 수 있는 길로서는 무난할 것이다. 조금은 꾀를 부리거나 게으름을 피우면서 천천히 목적지로 향하기에 적합해 보인다. 그래서 이른바 '당나귀의 길'이 된다.

본디 꾀를 잘 내는 당나귀는 부리기에 만만치 않은 동물이다. 당나귀는 좁고 험한 길에서 짐을 실어 나르는 운송수단으로 채택된 동물. 일평생 짐을 실어 나르는 것이 천직인이 종족으로서는 무거운 짐을 등에 얹고 빨리 가야 한다는 것이 내심 마뜩잖을 것이다. 주인이 잠시 한눈을 파기라도 한다면, 구불구불한 길에서 어느 그늘진 구석으로 접어들며 쉬고 싶은 것이다. 일을 시키는 처지에서는 괘씸하겠으나, 바쁜 현대인이라면 그 같은 여유와 태평함이 부러울 수밖에 없다.

롤랑 바르트에 따르면, 바쁜 현대인들이 제일 먼저 해야 할 일이 바로 한유閑遊이다. 바르트는 노동과 생산의 굴레에 갇힌 현대인이 인간성을 회복하기 위해서는 선禪적인 무이 념無理念, 무행無行, 무위無爲를 행해야 한다고 하는데, 특이한 것은 그가 학교에서 공부도 하지 않으면서 빈둥거리는 아이들(여기에는 학급의 꼴찌도 포함됨)을 색다른 시선으로 바라본다는 것이다. 그리고 그는 깊은 통찰력으로 꼴찌의 존재를 무위의 경지로 끌어 올린다.

바르트는 무위에 대해서, 주체로서의 일관성을 상실하고 중심이 해체되어 '나'라고 말할 필요가 없는 몰아지경에 있는 상태가 진정한 무위라고 말한다. 그의 철학은 경쟁 사회에 찌든 현대인에게 색다르고 신선한 관점을 제공하는 것으로서, 현대 생활에 있어서 무위가 어떤 것인지를 살펴볼 필요성을 제기한다. 장자의 무위無爲와 같은 현대인의 무위(idleness)의 도를 그가 설파하고 있음이 낯설고도 흥미롭다.

바르트에 따르면, 진정한 한유란 '아무것도 결정함 없이 그냥 그곳에 있는 것(being there, deciding nothing)'이다.

그는 꼴찌의 존재를 이러한 차원에서 조명한다. 학교에서 밑바닥을 치는 아이들, 교실에 있다는 것을 제외하고는 아무런 특징이나 개성, 존재감을 가지지 못하는 열등한 아이들이 바로 그들이다. 그들은 교실 활동에 적극적으로 참여하지 않지만 그렇다고 배제되어 있지도 않다. 그냥 주목을 받지 않고 의미를 두지 않는 존재로서 그곳에 있다. 그것이 바로 우리가 때때로 '바라는 상태 – 아무것도 결정함 없이 그냥 그곳에 있는 것'이 된다고 바르트는 말한다.

숨이 턱턱 막히는 여름이 지났다. 누그러질 것 같지 않던 여름 더위도, 지칠 것 같지 않던 여름도, 시간의 흐름에 순응하여 마침내 사그라진다. 모르는 새에 가을이 다가오고, 재촉하지 않아도 가을은 찾아온다. 낙엽이 갈지之자를 그리며 눈앞을 지나는 계절에 한 번쯤 게으른 당나귀가 되어 무심하게 걷고 싶다. 돌이 투박하게 깔리고 잡초가 성긴 한적한 길을 에둘러 그늘 길을 유영하면서, 이런저런 생각을 흩뿌려볼 작정이다. 꾀를 부리며 한가롭게 시간을 뜯는 당나귀가 되어 '당나귀 길' 위의 행복을 한 번쯤 느껴보고 싶다.

# 마음씨 좋은 자판기

청명한 가을. 나무는 몸을 다해 손을 흔들고, 하늘 높이 매가 크게 원을 돌고 있다. 낮은 곳엔 빨간 고추잠자리가 술래잡기하고 싶다는 듯 맴을 돈다. 모처럼 짬을 내서 은행 업무, 세금납부, 잔일 처리, 글쓰기 등 여러 일을 하기로 마음먹었다. 그런데 웬일일까. 서둘러 나오는 탓에 보조배터리며 충전기 또한 챙기질 못했다. 전원이 더 필요한 순간에 휴대전화는 정지되었고, 그 순간부터 나는 세상의 공간으로부터 단절된 느낌을 받는다.

문명의 이기를 맘껏 누리며 첨단의 정보통신망을 이용하는 현대인은, 스마트 기기를 이용하지 못하는 순간엔 일상의 공간으로부터 차단된 느낌을 받는다. 답답한 마음에 차 한 잔하려는데 매점은 없고, 편의점은 한참 걸어가야 하고……. 커피자판기가 보여서 동전 지갑을 찾는데 하필 오늘따라 그것도 빠뜨리고 온 것이다.

다행히 바지 주머니에서 오백 원짜리 동전을 찾아냈다. 오늘따라 묵직하고 새하얀 동전이 그렇게 근사해 보일 수가 없었다. 동전을 들고 순서를 기다리다 앞사람이 자리를 뜨자

사백 원짜리 고급 커피 버튼을 누르며 자판기에 말을 건넨다. "맛있게 타줄 거지?"

자판기의 끄덕거림이 고유의 기계음으로 전해져왔다. "철커덕, 철커덕." 커피를 꺼내려다 순간 멈칫했다. 가만 살펴보니 거스름돈 반환 구에 백 원짜리 동전 세 개가 손에 잡힌다. 커피 한잔이 삼백 원 또는 사백 원임을 고려하면 동전이 잔돈을 초과해서 쌓인 것이다. 이내 상황을 짐작하고 휴게실 입구로 달려갔으나 앞사람은 오간 데 없었다.

잠시 생각해 보니 돌려줄 방법도 없거니와, 동전을 이곳에 둬봐야 누군가의 소유가 될 것이었다. "재수 좋네"라고 생각하고 고마운 마음으로 삼백 원을 동전 홈에 넣고 '한 번 더' 버튼을 눌렀다. 이내 동굴 깊은 곳으로 떨어지는 소리가 들리자, 자판기가 맛깔스러운 커피를 내놓는다.

어쩌다 공짜로 얻어 마시는 커피라니! 오늘따라 커피 향이 짙게 느껴진다. "사 먹는 것보다 얻어 마시는 커피가 더 맛있다"라고들 하던데, 오늘 기분 좋게 이 말을 실감하게 되었다. 기분이 한껏 고무되어 등을 돌리는 순간, 이건 또 무슨 일인가. "철커덕, 철커덕." 자판기가 또 동전을 내뱉고 있다. 순간 조금 전 일이 생각났다. "앞에 있던 사람이 챙겨 가지 않은 거스름돈이 아니라, 자판기가 토해놓은 돈이란 말인가?" 이토록 마음씨 좋은 자판기를 만나다니, 갑자기 뭔가 새로운 발견을 한 듯 눈이 번쩍 뜨였다. 나의 '도깨비 방망이!'

언뜻 지난주 산행 기억이 떠올랐다. 사람들은 서로 도움을 주는 차원에서 종종 유용한 정보를 교환한다. 등산에서도 '산행 대장' 간에는 산의 지리와 코스에 관해 정보를 교환한다는 것이다. 지난번에 함께 한 산행 대장은 매우 능숙한 가이드여서, 여러 사람이 수시로 산행 정보를 부탁하는 모양이었다. 전화 통화를 하며 모든 것을 다 말해줄 수 없다는 그는, "이것은 나의 영업비밀인데!", 너무 깊이 알려고 하는 것 아니냐며 웃음을 지었었다.

그날의 커피는 무척 달콤했다. 무료로 건넨 커피 한잔이면 "뭐, 그 정도야"라고 대수롭지 않게 생각할 수도 있겠지만, 이 마음씨 좋은 기계가 온종일 사람들에게 공짜로 커피를 쏟아냈다면, 이를 알게 된 주인의 속은 무척 쓰렸을 것이다.

오늘 식사를 하고 나오면서 마주한 자판기를 보고 그날의 자판기를 떠올렸다. 그 마음씨 좋은 자판기는 아직 그 자리에 있을까? 혹 지금도 커피를 주고, 동전도 내어주며 기계답지 않게 넉넉한 베풂을 반복하고 있는지 모르겠다. 만일 그 열린 마음을 고치지 않는다면, 필시 주인으로부터 질책 아닌 경질을 당해 고물상으로 갔을지도 모른다. 마음 넉넉한 그 자판기의 근황이 무척이나 궁금하다.

좋은 일은 함께하고, 유익한 정보는 함께 나누는 것이 좋다고들 한다. 혹 누군가 "그 자판기가 어디 있는가?"라고 묻는다면, "함께 정보를 나누는 것이 어떻겠는가?"라고 요구한다면, 아쉽다! 나 또한, "영업비밀"이라고 말할 수밖에. 다만 그 마음씨 좋은 자판기가 무탈하게 오래 버텨주길 내심 바라고 있다.

# 숲에서의 하루

세상을 둘러싼 어둠 속에서의 움직임. 지척 어딘가에선 아직 잠들지 않은 새가 뒤척이고, 물은 계곡을 돌고 돌아 흐르고 있다. 밤이 되면서 생각은 끊임없이 샘솟았다. 시간을 따라 의식이 흐르는 것인지, 시간과 의식이 겉도는 것인지 알 수 없었다. 생각은 멈추지 못하고 굽이진 계곡을 따라 흐른다. 의식은 흐르면서 중심을 향한다. 문명에 길든 존재가 자연을 받아들이지 못하고 겉도는 동안, 그렇게 흘렀다.

어둠 속 야성의 본능만이 번뜩이는 시간. 숲은 적막하고, 잠들지 못하는 새가 이따금 외마디 소리를 내면 어둠조차 숨을 죽였다. 지치지 않는 것은 물뿐이다. 산새와 오소리와 이름 모를 들짐승, 모두가 무의식 한편에 경계를 풀지 못하고 어설픈 잠을 청하고 있다. 천근만근 일상에 찌든 사람들은 여기저기 흩어져 지친 심신을 풀어 놓았을 것이다. 그 밤에 잠들지 못하고 뒤척이는 의식에 무엇인가 다가왔다.

보이지 않는 모습. 눈은 반짝거리고 있다. 가만히 쪼그리고 앉아 나를 지켜보다 물소리를 따라 사라졌다. 물의 끊임없는 흐름처럼 도심에서도 숲속에서도 내게서 떠난 적이 없다. 두 눈을 반짝거리는 여우. 백두산 숲속에서도 접경지 숲에서도 한밤에 나를 찾아와 말없이 지켜보다가 떠나간다.

자연에 내재한 생명력을 노래한 테드 휴즈(Ted Hughes)가 생각났다. 그는 현대문명 속에서 인간은 지나친 이성적 사고로 인해 본연의 생명력을 상실함으로써 본연의 의지와 상관없는 삶을 살 수밖에 없으므로, 건강한 생명력의 회복이 필요하다고 주창했던 시인이다. 그런 생명력의 추구에 있어서 어둠 또한 우리의 고향이라 하지 않았던가. 사실 어머니의 자궁이 인간존재의 고향이고, 더 멀리는 아득한 시간 속 은하계와 태양계. 그리고 어둠 속 우주 빅뱅을 통해 형성된 태양과 지구를 돌아보면서, 우리는 어둠 속에서 형성되어 점차 진화된 존재이므로, 궁극적으로 어둠은 우리의 고향이라는 것은 변함없는 진리일 것이다. 그러기에 잠시나마 어둠이라는 고향을 접하고, 문명 속에서 엉킨 삶의 타래를 풀기에 숲만큼 좋은 장소도 없는 것이다. 물이 없어도 숲은 좋을 것이다. 그러나 물이 있다면 숲은 더 좋을 것이다. 다시금 소로우(H. D. Thoreau)의 월든(Walden) 숲으로의 여행이 얼마나 경이로웠을까를 생각해 본다.

어둠의 질서는 영혼을 결박하여 옴짝달싹 못 하게 만들고 원시적 생명을 불어넣는다. 그동안 세상이 너무 밝았던 것은 아닐까. 전에 알고 지내던 한 외국인 친구는 자기 고향이 자꾸만 밝아져서 한국으로 왔는데, 서울 같은 대도시보다도 지방의 중, 소도시가 오히려 지내기에 적합하다고 말한

적이 있다. 그래서 그녀는 춘천이 자기 고향 같다며 떠날 생각을 하지 않는다. 알고 보니, 오래전 스치듯 지나며 하루를 묵었던 캐나다 오타와가 그녀의 고향이었다.

낯선 곳에서의 하루. 어설픈 잠을 깬 아침 거리에 한 부랑자가 어슬렁거리고 있었다. 도시의 새벽안개는 무척이나 낯설어 보였고, 노숙자를 보며 긴장감을 늦출 수 없었다. 한 중소도시처럼 작아 보이는 도시가 한 국가의 수도라는 사실이 당시에는 믿기지 않았다. 시간이 흐르며 생각은 바뀌는 것인가. 한 나라의 수도가 커야만 한다는 것은 하나의 편견일 것이다. 마찬가지로 "빛은 선이고 어둠은 악"이라는 인식 또한 하나의 편견 아니겠는가. 지금, 여기 지방의 한 도시에서 조금만 벗어나면, 자연은 얼마든지 곁에 있고, 어둠은 바로 곁에 존재한다.

숲에서의 하루를 보내며 소로우를 떠올린다. 잘 나가던 젊은 하버드대생이 최고의 대학 생활을 접고 월든 호숫가로 홀쩍 떠나갈 때 얼마나 말이 많았겠는가 (물론, 그는 말없이 그 일을 실행했을 것이다). 그가 직접 농사를 지으며, 몸으로 자연을 접하고 느끼는 일은 그 당시의 미국 도시민에게도 충격적이고 어이없는 일이었을 것이다. 소로우는 자신이 생각한 것, 느끼고 싶은 것을 몸소 실행했다. 보편적 관례와 관념적 사고를 넘어서는 일을 과감히 실행했다. 그런 점에서 모든 사람이 같은 방식의 사고思考, 똑같은 삶을 살아야 한다는 암묵적 질서를 과감히 깨고, 실천적 지식인의 행동을 보여준

선구자라는 생각을 하게 된다.

현대의 삶에서 그런 경향은 더욱더 짙어간다. 알게 모르게 일률적인 사고를 강요받고, 같은 방식으로 행동할 것을 요구받지는 않는가. 수많은 법을 따라야 하고, 법은 수많은 가지를 치며, 인간존재는 관념과 도덕과 관례의 울타리 안에서 행동해야 하는 제약이 따른다. 효율성을 우선시할 때 창의성과 상상력을 배제해야만 한다. 빛의 측면이 아니라 어둠의 시각에서 본다면, 오랫동안 어둠 속에서 상상력을 펼쳤던 인간존재는 문명에 길들어 어둠의 생명력을 상실해 간다. 감성과 독창성과 상상력을 상실하고, 빛의 편리함과 안락함과 안전함에 의존하게 되었다.

숲에서의 하루는 헝클어진 질서를 인식하게 해주었다. 어둠과 빛이 전도된 문명사회에서의 진화. 그것은 안전하고 편안하며 정형화된 삶이었다. 문서로 기록되고, 빛으로 이성화된 지성이었다. 숲에서 나는 야생의 소리를 듣고, 정형화되지 않는 물의 길들지 않음을 본다. 제각각이지만 어우러져 야성을 키워가는 초목의 본질과 사계를 묵묵히 견디는 지고한 자연의 순리를 보았다.

숲에서의 하루는 그동안 쌓아온 수많은 시간을 뒤로 물리고, 경계선 밖의 낯선 질문을 내게 던진다. 잊었던 물음에, 나는 다시 돌아와서, 답할 것이다.

2

그
리
운

# 코스모스

도시는 운무에 가리어 불완전한 형체를 드러낸다, 마치 꿈을 꾸다 만 설익은 생각처럼. 이른 아침의 가로엔 희미한 형체가 꿈틀이고, 안개가 도시를 안고 한바탕 춤을 추고서야 서서히 깨어나는 11월. 서투른 기지개를 켜며 살아나는 도로 한가운데 황색등이 점멸하고 있다.

기억 저편의 잊히지 않는 아픔. 어중간하게 떠 있는 운무처럼 말없이 그저 바라보며 머물러있다. 도시를 둘러싼 그 어떤 것이 손끝을 타고 들어와 가슴 주변을 어슬렁거린다. 그래서일까, 이슈마엘*은 "마음속에 축축한 11월의 가랑비가 내릴 때, 되도록 빨리 바다로 가야 한다."라고 하지 않았던가. 자신도 모르게 장의사 앞에서 걸음을 멈추고 길에서 만난 장례 행렬의 뒤를 쫓아가는 그런 일이 발생하지 않도록 하기 위해서라고 말이다.

11월은 어머니가 떠나신 달. 가을바람이 낙엽을 쓸어가고, 은행나무가 노랗게 물들어 황금 비늘을 떨굴 무렵에 어머니는 다시 돌아와 황색등 점멸하는 도로 끝에 서 계신다. 그렇게 사방이 온통 황금 빛으로 눈부실 때, K병원 1501호실을 나오셨다. 중환자실에 수술을 받으러 들어가기 전에 심부전으로 가쁜 호흡을 내 몰아쉬셨다. 호흡이 정지됐어도 아직 몸은 따뜻한 온기를 머금고 계시던 어머니. 동생은 힘없이 늘어진 손을 떼쓰듯 마냥 잡아끌고, 어머니의 볼과 이마에 나 또한 한없이 머리를 비벼대며 어머니를 떠나보내야 했던 11월의 서늘한 복도.

"더는 심폐소생술을 지속하기 어렵습니다. 지금도 아마 가슴 곳곳에 금이 가 있을지 몰라요. 저희로서는…." 뒤돌아서는 의사의 흰 가운을 손에 움켜잡고 놓을 수 없었다. 이후 며칠은 삶에서 처음 느껴보는 시간의 연속이었다. 단지 늦거나 조금 빠른 차이일 뿐, 누구나 언젠가 한 번은 겪게 마련인 낯설고 무겁고 아린 그 경험의 시간은 병실에서 장례식장으로, 그리고 화장장에서 장지로 속절없이 흘러갔다.

집이 감당해야 하는 무게. 주인을 기다리는 집은 불 꺼진 창으로 깊은 정적과 외로움을 내비친다. 그 무거움이 앞집과 옆집, 그리고 뒷집에 큰 그늘을 드리워 동네 주민의 말소리, 웃음소리가 한동안은 들리지 않은 것인지도 모른다. 주인이 심어놓은 매화나무는 변함없이 봄꽃을 피우더니, 여름내 튼실한 가지를 뻗치며 가을에도 여전히 굳건히 자리를 지키고 있는데.

가을이 되니 여기저기서 김장을 한다고 난리다. 주택가가 가장 소란해질 무렵이다. 사람 사는 모습을 종종 목격하게 되어서 좋다. 살아계셨다면 어머니도 벌써 이곳저곳으로 불려 다니면서 "아이고, 허리야" "옆구리가 저려" 하시면서 분주히 다니셨을 것이다. 그 모습도 모습이려니와, 보기만 해도 침이 절로 도는 어머니의 김치! 복원할 수 없는 묘하고 기막힌 그 맛이 기억을 맴돌면 침이 강물처럼 흐른다.

이런저런 생각을 하며 가을 길을 걷는 차에, 야트막한 언덕에 한 여인이 허리를 숙여 꽃 사이로 고개를 들이밀고 있다. 이내 궁금해서 다가갔다. "뭘 하고 계세요?" "백일홍 씨를 봉투에 담고 있어요." 그녀의 손을 보니, 꽃봉오리마다 손을 기울여 씨를 담아서는 곧이어 하얀 편지 봉투에 넣고 있었다. "꽃이 참 예뻤는데 내년에나 보겠어요. 참 아쉬워요".

그녀로부터 알게 된 것은, 백일홍은 '해마다 심는 꽃'이라는 사실이었다. 번거롭기는 하지만, 다시 심는 노고와 다시 태어나는 기쁨이 있어서 꽃은 아마도 더욱 선명하게 피어날 것이다. 내년 '백일의 영화英華'가 밝혀줄 풍경이 기다려진다.

이 가을, 백일홍은 떠나며 내년 봄을 기약한다. 팬더믹의 격랑에 삶을 내맡겼던 우리 또한 내년을 기약하지만 돌아올 수 없는 사람도 많을 것이다. 코로나 19에 희생된 수많은 생명. 아직도 위중 증으로 생사의 경계에 선 사람들. 그리고 이런저런 이유로 삶의 언저리에서 고통받는 사람들. 의학의 발달로 현대인의 평균 수명 여든 살은 거뜬해진 시점에, 전염병의 급습으로 이승을 떠남은 우리 주변에 서툰 기억처럼 머문다.

그런데 문득 떠오르는 것이 있다. 생각해 보니, 우리는 살아가면서 눈에 보이는 상실만을 머리에 담지 않는가. 하지만 더 큰 상실은, 한 존재가 지구별에 왔다가 떠나는 순간 그가 가지고 있던 "고유한 것들이 함께 떠나가 버린다"는 사실이다. 그의 고유한 모습, 습관, 그만의 고유한 음성과 표정. 그리고 만약 그가 역사적, 사회적 보존 가치가 높은 문물의 소유자라면 재생(복원)할 수 없는 수많은 것들이 그와 더불어 사라지게 되는 것이다.

가을 하천 변의 코스모스가 끝없이 흔들린다. 코스모스가 피어난다. 가을을 열더니, 아주 잠시 머물더니, 이내 떠나간다. 신이 처음 만들었다는 코스모스(Cosmos) 꽃이 맑은 하늘을 배경으로 우주(Cosmos)를 담고 있다. 바람에 하늘하늘 흔들릴 때마다 억겁의 시간을 따라 수많은 생명이 반짝인다.

한 존재가 떠날 때 그를 배웅하며 코스모스가 하늘거린다. 한 존재가 떠나갈 때 한 이름과 하나의 별을 가슴에 새긴다. 가을 길 위에서 끝없이 웃고 있는 코스모스, 그리고 어머니.

* 허먼 멜빌(Herman Melville)의 소설 『모비 딕』의 주인공

# 다시, 오라

음성이 들렸다. 주위를 돌아보지만 단지 짙은 잎을 드리운 나무들만이 무성한 숲을 이루고 있을 뿐. 어디선가 이름 모를 새가 얼마쯤의 거리에서 작은 기척을 내는 한여름의 오후는 느리기만 하다.

무성한 잎 사이로는 흰 구름이 둥실 떠가고, 살며시 부는 바람이 머리카락을 흔들기에 벤치에 기대 하늘을 바라본다. 나뭇잎 사이로 언뜻 스치는 도시를 보는 것도 지쳐가는 오후에는 작은 위안이 된다.

작년 이맘때쯤 아마 이 벤치에 앉았는지도 모른다. 숲에서는 바람이 솔솔 불어오고, 새가 술래잡기하듯 이곳저곳을 날아다녔으며, 그때도 흰 구름은 둥둥 떠다녔을 것이다. 하지만 올해에는 숲 뒤에서 굴착기와 더불어 육중한 중장비가 요란하게 기동하고 있다. 새 울음은 희미해졌으며, 앙상한 개복숭아 가지 위로 회색 빌딩이 뻘쭘하게 서 있다. 숲이 조금씩 형체를 잃어간다.

자유롭게 떠가는 구름을 보니, 도심에 갇힌 나로서는 갑자기 떠나고 싶은 생각이 든다. 그곳은 갈매기 울음이 경쾌

하고, 바람은 부드러우며, 마음이 편안하여 영혼이 자유로워지는 곳. 연청색의 바다 위로 힘차게 뻗어 나온 손이 내게 손짓하며 말을 건네 온다, "다시 오라"고.

잊었던 감흥을 되찾은 건 휴대전화기에 저장돼 있던 갤러리의 사진 덕분이다. 삼 년 전 산행을 목전에 두고 가벼운 마음으로 포구에 들었다. 포항을 찾은 것은 그때가 처음. 이런저런 이유로 내 삶의 여정에서 포항이란 좌표는 인연이 없었다. 군 복무나 직장 관련해서 어떤 연관도 없었고, 여행 또한 늘 이곳을 비껴갔으므로, 포항은 내게 낯선 곳이고 마음에서 동떨어진 곳이었다.

매년 신년 초에 많은 사람이 찾는 곳, 호미곶. 한반도에서 해가 가장 먼저 뜨는 곳이다. 그래서 사람들은 한 해를 보내고 또 한해를 맞으며 두 손 모아 간절한 마음으로 호미곶을 찾을 것이다. 맑고 푸른 바다 위, 흰 물살을 헤치고 힘차게 뻗어 나온 조각상을 보며 사람들은 가족의 건강과 사회의 번영과 국가의 안녕을 기원할 것이다. 시간이 지나도 조각상은 변함없이 그들 모두에게 소망을 빌고, 건강을 기원하고, 안녕을 기원할 때 '다시, 오라'고 말해왔을 것이다.

물 위로 불쑥 솟아난 손은 내게 또 다른 이유로 찾아오라 한다. 마음의 휴식이 필요할 때, 일상으로부터 훌쩍 떠나고 싶을 때, 바다가 연출하는 그림을 보고 바다의 음악을 듣고 싶을 때, 찾아오라 한다. 첫 만남의 여흥을 간직하고, 다시 만날 즐거운 날을 꿈꾸면서, 바람과 갈매기, 파도가 들려주던 노래를 간직하라고.

내게 바람의 기억은 조금씩 다르다. '굼베이 댄스 밴드(Goombay Dance Band)'의 노래에 금방이라도 몸이 반응할 이십 대 청년기에 찾은 하와이는 낭만과 꿈의 섬이었다. 태평양 한가운데에 있는 호놀룰루의 햇볕은 따갑고, 공기는 가벼우며, 바람은 쾌적했다. 바람은 얽매이지 않고 발로부터 손끝을 타고 올라 얼굴과 이마를 어루만졌다. 와이키키 해변의 높은 파도를 가르며, 서퍼가 멋진 서핑을 보여주었다. 그처럼 꿈이 푸른 파도와 더불어 일렁이는 하와이는 태평양의 파라다이스라고 불리기에 부족함이 없어 보였다.

그처럼 이십삼 세의 청춘에 각인된 하와이는 늘 와이키키 해변의 파도와 '하노머 베이'의 옥빛 물결로 보석처럼 영롱하게 반짝인다. 그 후 이십여 년이 지나 찾게 된 미국의 본토. 금융과 무역의 중심지 뉴욕은 생동하는 거대한 도시였다. 뉴욕의 랜드마크 브루클린교는 망망한 대서양을 바라보면서 자유의 기치를 높이 올리고 있었다. 다리에 올라서면 바람은 습하고, 왜소한 인간을 압도하는 거대한 기운이 몸에 감겨든다. 대서양을 횡단한 바람은 뉴욕만을 향해 긴 포구를 거슬러 올라온다. 그리고 마침내는 '자유의 여신상'에 이르러 환호성을 지르며 허드슨강을 따라 고된 항해를 마친다.

긴 강을 가로지르는 브루클린교에 선 순간 강렬한 비바

람이 얼굴을 훑어 내렸다. 운무 속에 서 있는 '자유의 여신 상'을 지나온 바람. 대서양을 벗어나 힘들고 지친 듯 다가와 서 손등을 두드렸다. 말을 좀 건넬듯하더니 이내 발아래로 툭 떨어진다. 광대한 바다를 횡단한 굳센 의지와 끈기가 마침내 한계에 달한 듯싶었다. 남은 힘을 다해 브루클린교를 세차게 흔들더니 흩뿌리는 비바람이 되어 가슴을 파고들었다. 포구를 선회하던 갈매기는 하트 크레인 Hart Crane의 시 속으로 들어가고 있었다.

맨해튼 교를 지나는 대서양의 바람은 미처 떨어내지 못한 습기를 잔뜩 머금었기에, 이마와 얼굴을 거칠게 훑으며 바삐 지난다. 목적지를 눈앞에 둔 비즈니스맨처럼 지체할 여유도 없이 바삐 지나가던 바람이었다. 멀리 보이던 자유의 여신상, 그 너머 길게 이어진 수로는 꼬리를 감으며 대서양으로 내달렸다. 포구에 점점이 떠 있는 선박들이 아득히 수평선까지 이어지고, 달뜬 열정과 희열로 잠 못 이루던 사십대의 시간이 뉴욕으로부터 서서히 멀어지고 있었다.

바람의 기억을 주는 곳, 하와이, 뉴욕 그리고 호미곶. 하와이와 뉴욕의 바람이 이국적이고 낭만적이며 달뜬 희열을 주었다면, 호미곶의 바람은 지극히 편안하다. 호미곶과의 인연 또한 그렇게 우연하고도 편안하게 시작되었다. 좀처럼 남쪽으로 내려갈 일이 없던 내 삶의 여정에서, 동호인들은 2박 3일 일정으로 '영남알프스'와 '호미곶' 여행을 제안했다. 그들 모두가, 황금 물결 일렁이고 구름이 술래잡기를 하는 '영남알프스'를 알고 있었다. 그것은 거부할 수 없는 설렘으로 다가왔다. 그렇게 영남알프스를 바라보며 낯선 도시에서 들뜬 밤을 보냈다. 다음 일정이, 바람과 파도를 눈에 담을 수 있는 인생의 장년에 찾은 호미곶이었다. 차에서 내려선 순간 아늑하고 평온한 기운이 느껴졌다. 대기는 온화하고 상쾌하며, 바람은 자유로웠다. 하얀 물보라를 일으키는 짙푸른 바다 앞에서, 생각은 멈추고 영혼은 넘실대며 광활한 바다로 뻗어갔다.

호미곶에 가면 시간은 멈춘다. 몸도 마음도 단추를 풀어 헤치고 쉬어가기를 청한다. 낯선 얼굴은 편한 이웃이 되고, 바다와 바람이 협연한다. 그곳에서라면 누구라도 잠시 쉬었다 가도 좋을 것이다. 마음이 쉬는 사이 푸른 바다와 하늘과 파도가 노래한다. 호미곶에 풀어놓았던 영혼을 다시 챙겨 태백산맥을 따라 영남알프스로 향하는 길. 호미곶의 자유로운 영혼과 시간을 뒤로하고 해안선을 굽어보며 발걸음은 가지산, 신불산을 누빈다. 푸른 파도를 담았던 눈엔 이내 금빛 주단 같은 억새밭이 펼쳐졌다. 구름을 쫓던 마음은 멀리 호미곶을 바라보며 이내 알프스를 담는다. 꿈에서도 영혼이 자유로운 내 마음의 알프스, 영남알프스.

파도가 일렁이는 짙푸른 바다와 원을 그리며 하강하는 흰 갈매기, 호미곶은 편안하고 자유로운 마음의 안식처였다. 해마다 나를 부르는 '마음의 알프스'다. 오늘도 연푸른 바다 위로 갈매기가 선회하며 하얀 포말을 흘리는 곳. 한여름으로 깊이 들어가는 나른한 오후에, 파도 넘실대는 바다 위로 그리운 손이 아련하게 떠올라 손짓한다. "다시, 오라!"

# 골목길의 함성

함성이 들리지만 사실 골목길은 텅 비어있다. 귓전에만 들리는 아이들의 외침. 골목길이 사라짐은 지방 쇠퇴의 한 단면이다. 골목길이 남아있어도 그 골목을 채우는 존재들이 더는 보이지 않기에, 지방소멸 시대에 인구감소는 엄연한 현실이 되었다. 베이비붐 세대들이 퇴직하는 때가 도래하므로 그들의 삶의 형식과 형태가 바뀌지만, 그들이 태어나고 자란 곳에는 지워지지 않는 기억과 향수가 머문다.

내게 골목길은 늘 그곳에 있다. 세월이 흘러 여전히 옛 모습을 간직한 골목길을 만나면 무척이나 반갑고 신기하다. 하지만 없어진 많은 골목길 또한 마음에 존재한다. 골목길이 시공을 넘어서 존재하는 이유는, 추억과 그리움을 가득 안은 삶이 깃들었기 때문이다. 골목길은 구불구불하고 느리기는 하지만 미로를 통해 어디론가 나아가는 길이었다.

신작로라는 새로 난 길을 놔두고 왠지 골목길에 들어서면 마음이 편해져서 다람쥐처럼 골목을 오가던 기억이 있다. 친구들과 앞서거니 뒤서거니 발길을 옮기거나, 혼자서 이 생각 저 생각을 하며 오가던 길이다. 골목길은 누구의 통행도

막지 않지만, 때론 담벼락 위에 가시철망을 두르거나 깨진 병 조각을 꽂고서 이방인에 대한 경계를 드러내기도 했다. 이런 양면의 얼굴이 쉽게 접근을 허락하지는 않았지만, 골목길은 분명 여러 다양한 삶에 이르는 공유의 길이었다.

책을 읽다 보니 골목길을 마치 살아있는 유기체에 비유하는 작가를 만난다. 『골목길 자본론』을 쓴 모종린은 "장소가 가진 역사성과 공동체 정신을 무시한 도시개발로 골목이 사라지는 것이 슬프고, 상업적으로 성공한 골목상권이 이제는 나와 어울릴 수 없는 곳이 되었을 때 마음 한편이 허전하다."(모종린, 28쪽)라고 말한다. 그의 글에는 골목길에 대한 안타까움, 배신감, 슬픔, 허전함, 상실감이 함축되어 있다. 골목길은 이처럼 복잡다단한 우리의 감정을 담고 있는 것이 사실이다.

골목길에는 우리 삶의 복잡다단한 감정과 희로애락이 담겼기에, 골목길을 지키기 위한 어떤 시도도 달갑게 느껴진다. 골목길은 여전히 우리에게 유효한 삶의 지표이며 상수이기 때문이다. 골목길은 분명 걷고 싶은 도시 안에 내재하므로 골목길의 기억, 즐거움, 그리움을 보전하고 사라짐을 최소화하기 위한 노력이 필요하다.

화려하거나 현대적이지 않아도 골목길은 선대의 삶의 공간이었으며, 남의 것이 아닌 내 것 같은 친근함을 주고, 잠시나마 머물고 싶은 편안함이 있으며, 하늘을 찌르는 웅장함이 아닌 인간적인 겸손함이 있다. 그래서 걷고 싶은 도시를 떠올리는 사람들에겐 왠지 자꾸만 끌리는 곳이다. 역으로 말하자면, 걷고 싶은 도시에 있어서 골목길은 시작이자 끝이 될 수 있으며, 또 친근함과 편안함을 통해 '완성의 미학'이 될 수 있다.

경쟁에 찌든 현대인들이 살아나기 위해서는 몸과 마음의 여유가 필요하다. 골목길은 빛바랜 시간과 공간으로 현대문화의 중심으로부터 벗어나 관심에서 멀어졌으나, 변함없이 우리 삶의 한 부분으로서 공동체로서의 삶을 담보해왔다. 느리지만 여유로운 삶을 담고, 화려한 거리를 불평하지도 않으면서 묵묵히 공동체를 떠받쳐왔다. 경쟁에 찌들고 업무에 지친 현대인들이 이런 골목길을 걷는 것은 한유閑遊의 시간을 갖는 것이다. 골목길은 잃어버린 추억을 되돌려주고 몸과 마음의 여유를 회복하게 하며, 또 치유를 해주는 소중한 길로 변함없이 존재한다.

# 밀 당

처음 '밀당'이란 말을 들었을 때의 느낌을 기억한다. 뭔가 은밀한 종류의 일이 아닐까 생각했다. 사실 '밀'이란 단어는 밀密로 인해 은밀하고 조용하며 음영적인 이미지를 강하게 제시한다. 그래서 밀당이라 했을 때, 어떤 집단이 은밀하게 일을 도모하는 느낌을 받는다.

얼마 후 이 신조어가 "젊은이들 사이의 밀고 당기는 관계"라는 의미를 알고 시대에 뒤지는 내 언어 감각에 혀를 차고 말았다. 그런 이유로 '밀당'이란 단어는 역설적이게도 기억에 생생히 남게 되었다. 오늘 문득 이 단어를 떠올리는 이유는 한 지인知人 의 글을 읽고서 느끼는 팽팽한 긴장감과 패러독스 때문이다.

그녀의 글은 칼칼하다. 얼큰한 칼국수를 먹은 것처럼 읽은 뒤 칼칼함이 남는다. 그녀의 글은 체계적이기보다는 직감적이며 담백하고 진솔하다. 가식이 없으며 앞뒤 가리지 않고 냅다 휘갈기는 굵은 붓글씨와 같다.

그녀의 글은 하얗게 아리다. 깐 마늘처럼 씹기가 아리지만 곱씹을수록 야릇한 맛이 배어 나온다. 부드러운 인상과 달리 어디서 그런 당찬 기운이 솟는지 마치 분출하는 용암처럼 거침없이 내달린다.

'밀당' 이란 사람 간의 관계만이 아니다. 글을 통해 전해오는 긴장과 전율도, 사람 간의 관계 이상으로 팽팽한 긴장감을 전해준다. 봄이 오기 위해서 자연과 사람 사이에, 또 계절과 계절 간에 펼치는 줄다리기는 얼마나 오묘한가. 겨울과 봄이 펼치는 실랑이는 참으로 경이롭다. 그래서 밀당은 시간을 넘고, 세월을 넘어서고, 살아있는 모든 것을 뛰어넘어, 역사와 문화와 정신 속에 생명으로 존재한다.

젊은 연인들! 마주하면 모두의 가슴을 설레게 하는 말. 너와 나, 모두가 한 시절 젊은 연인이었기에, 아름답고 시린 이 단어는 우리의 마음 한편에 영원히 자리하고 있다. 모두가 밀당을 했었으니 그립지 않을 수 없다. 밀당은 남녀만이 아니라 글쓰기에도 존재한다. 읽는 이의 가슴이 시리도록 아린 글을 쓰고 싶어지는 이유이다.

겨울눈 녹듯 스르르 가슴에 스미는 글. 한여름 정자에 부는 산들바람처럼 잠을 훔치고 꿈이 되는 글. 외롭고 고요한 밤 훈풍으로 다가서는 글이 되고 싶은 소이所以다. 처음 '밀당'이란 말을 들었을 때의 느낌처럼, 낯설지만 왠지 멀리할 수 없는 그런 존재가 되는 글, 그래서 밀당은 오늘도 끝없이 이어진다.

# 시간의 성城

오래됨은 어떤 의미일까. 이런 생각을 하게 된 것은 겨울 날의 맑은 시계視界 때문이다. 햇살 가득한 창으로 보이는 오래된 집들과 그 사이로 이어진 구불구불한 골목길. 구렁이 꼬리 감기듯, 고양이가 꼬리를 쫓아 뱅뱅 돌듯, 또는 달팽이가 시간을 머금은 듯한 골목길을 만난다.

오늘 아침 이 길을 헤집고 돌아 그곳에 간다. 얼굴을 스치는 겨울바람은 식사 후의 케냐산 드립 커피보다도 알싸하고 개운하다. 길을 걷고 또 나지막한 언덕을 오르다가 차를 만나면 비켜서야 하는 좁은 길. 몸뚱이 하나 겨우 지날 좁은 골목길을, 내비게이션 없이 오랜 세월 사용해왔던 아날로그 촉을 가동하여 살피면서 언덕을 오른다. 그 후에 탁 트인 보도에 이르는 맛은 골목길만이 담보하는 독특한 즐거움이다.

거북 등처럼 갈라지고 이내 깨어져 떨어져 나간 틈새로 시간이 들락거린 곳. 무정형으로 뻗어 나간 시간의 흔적이 남아있다. 약사동 언덕에 간간이 걸려있는 '재개발 반대'나 '조합임직원 사퇴' 요구가 적힌 현수막을 보면, 오늘 이러지도 저러지도 못하는 골목길의 난망한 얼굴이 떠오른다.

풍경, 오늘과 내일이 되다

오래된 것은 무엇인가. 오래된 그 무엇은 뚜렷이 형언할 수는 없는 어떤 편함과 그리움으로 다가온다. 낡고 거추장스러워 벗어던지고 싶거나, 지저분하고 낡아서 부수고 갈아치워야 할 것이라기보다는, 손과 마음에 훨씬 익숙해서 곁에 두고 싶은 어떤 것이다. 결코, 재촉하거나 압박하지 않으며, 몸과 마음을 편안케 하는 것이다.

다시 비틀리고 부르터서 조금씩 부서져 내리는 골목길을 따라가면, 교육문화관 뒷담 위에서 하염없이 시간을 붙들고 있는 담장이 덩굴을 만나게 된다. 빨간 벽돌담을 따라 앙상하게 줄기를 뻗쳐간 곳에서 만나는 양철집. '양철북' 하면 떠오르는 귄터 글라스를 왜 양철집을 보며 떠올리게 되는 걸까. 시대의 조류 속에 불가피한 운명을 안쓰러워하는 양철집의 외침은 아닌지 모르겠다. 세월의 흐름 속에 폐기처분 될 운명에 대한 울부짖음은 아닐는지. 해진 옷을 누벼 입고 오순도순 밥상을 했던 식구들은 오간 데 없이, 검은 옷을 입고 흰 띠를 두른 고양이 한 마리가 사는 집. 인간을 위해 뭔가 유익한 일을 나서서 해본 적이 없는 이 동물은, 입이 찢어지라고 하품을 하면서 햇살에 달구어진 기와 위에 몸을 내맡긴다.

장 그르니에(Jean Grenier)를 떠올린다. 여명이 깃든 새벽과 노을 지는 저녁 그리고 한낮의 나른한 오후에 두려움이 엄습한다는 그 프랑스 문필가를 비웃듯, 녀석은 한낮의 오수에 마냥 행복하다. 털옷을 잠옷처럼 두르고 따뜻하게 달구어진 양철지붕에 올라 한껏 겨울을 즐긴다. 한기寒氣를 이길 자신이 없는 나로서는 마냥 부러운 일이다. 녀석을 보며 작은 행복을 생각한다.

다시 혼잡한 현실로 돌아가야 한다. 오래된 것을 어떻게 할 것인가 하는 문제. 오래된 많은 것들. 쓰지 않는 낡은 시계며, 더는 사용하지 않는 LP 플레이어, 얼룩진 망원경, 유행에 뒤져서 더는 입고 싶지 않은 핫바지며 옷가지들, 신장 속에서 주인의 발을 만나길 고대하는 후줄근한 신발, 쓰지도 버리지도 못하는 어중간한 타이어, 액션 영화에 나옴 직한 젊은 시절의 근사한 제복, 머리에 얹으면 제법 나이 들어 보이는 중절모. 그 외에 이루 다 떠올릴 수 없는 무수한 오랜 것들의 목록이 길게 늘어진다. 차마 버릴 수 없는 오랜 것들이 심연의 기억으로부터 떠오른다.

오랜 친구가 있다. 연락되지 않는 책임은 아마도 내게 있을 것이다. 바뀐 전화와 함께 친구에 관한 관심을 담아가지 못한 탓이다. 오래된 연인. 기억 속 아련하게 떠오르거나, 보고 싶거나, 생각나는. 그러나 때론 소환이 어려운. 아마도 작별인사를 하지 못했거나, 또 하고 싶었거나, 그래야만 했던 기억 속 존재가 아닐까.

오래된 나만의 집. 건재하나 쓰지 않는 집이다. 생각이 모이고 응축되어서 그곳에서 잊힌 존재를 만나고 싶은 집이다. 다시 만난다면, 그곳이면 좋을 집. 히스(heath)가 하늘거리고 있는 언덕을 달려가는 히스클리프(Heathcliff). 언덕 아래를 조망하는 작은 창에 비친 헨리 제임스(Henry James)의 모습. 지혜의 여신 아테나를 분노하게 만든 아프로디테도 꿈꾸듯 만나게 될지 모른다. 그리고 그곳에서 밤하늘 아래 루카치(György Lukács)가 꿈꿨던 그 시대의 별빛을 볼 수 있을지 모른다.

우리는 모두가 섬이다. 저마다의 성城을 가진 섬이다. 그르니에가 바라보던 모두의 섬에서 맘껏 고독하고 외로워하다가, 그 섬들을 이어주는 밤하늘 은하수 길에서 지구 행성을 찾아온 친구가 된다. 그 집에서 양철지붕 위의 고양이처럼, 아주 오랜 편안함과 행복을 느낄지 모른다. 그리고 그곳에서 시간은 그 어떤 오랜 것으로 흐를 것이다.

# 포플러 가로수 길의 추억

다시 또 가을이 오고, 간다. 시간을 따라 변하는 것 중 하나는 계절이 바뀔 때 찾아오는 음악이다. 낯익은 음악이 들리는 순간, 귀가 열리고 마음은 알 수 없는 기분에 휩싸인다. 한 해의 반을 지나 종점을 향해 간다는 묘한 감정이 일 때, 한여름 내내 싱그럽던 잎은 고동빛을 머금고 발아래로 흘러든다.

매년 가을이면 안개 낀 밤길에서 종종 포플러를 만나곤 했다. 안개 낀 도시에서 포플러는 마치 사람처럼 서 있다가 사라지고, 또 어느 순간 거인처럼 나타나기를 반복했다. 가로수 길을 따라 안개는 포플러를 보이고 감추기를 반복하고, 나무는 팔 벌린 사람처럼 가지를 내밀어댔다. 주변의 커다란 포플러 나무들도 큼직한 잎을 툭툭 던지며 신나게 팔을 휘젓는 듯했다.

아름드리 포플러 나무가 인상적인 곳은, 옛 시외버스터미널로부터 중앙로를 거쳐 도청에 오르는 차로였다. 또한, 제일고(지금의 사대부고)로 길게 뻗은 2차선 길, 그리고 옛 춘천여고로 향하는 오르막길로 기억한다. 그 외 신북읍 육군

항공대 앞길에 높게 솟은 가로수길 구간이 인상적이었다. 다행히 도청으로 가는 구간에는 가을 정취를 느끼게 하는 우람한 나무들이 아직 남아있다. 항공대 앞길은 아마도 반 정도 베어져 차도 한편의 몇 그루만이 옛 정취를 짐작게 한다.

벌목은 도로를 넓히는 과정에 생겨난 불가피한 선택일 것이다. 하지만 아쉬움은 크다. 가로수 보존은, 춘천이 자연친화적이면서 낭만의 도시가 되는 전제이면서도 정체성을 지키지 못한 부분이다. 도로 확장이 꼭 나무를 벌목하거나 인도를 포장하여 현대적으로 바꾸는 것을 전제한다면, 보행자에게 여름의 뜨거운 햇볕을 여과 없이 투사하며 겨울의 삭막한 풍경을 그대로 안겨줘야 하는지 의문이다. 조경기법이나 방향 등에 관한 많은 연구와 경험을 통해 앞으로는 걷고 싶은 거리, 머물고 싶은 동네로 주민들의 편의와 삶의 질을 높이는 정책을 펼치길 기대한다.

중, 고등학교를 거치는 동안 춘천 거리는 한동안 기존의 모습을 유지하는 듯했다. 춘천은 분지로서 높은 산 속에 푹 눌러앉거나, 달리 말하면 작은 도시 하나를 여러 개의 산이 빙 둘러쌓은 형태를 보인다. 시야에 들어오는 그나마 가장 평지이면서 강을 끼고 있는 최고의 땅은, 평화와 지원을 명분으로 무상으로 땅을 임차하고 있는 미군 부대였으니, 가난한 분단국 지역민으로서는 부대 외곽을 높이 둘러싼 철조망을 통해 멀리서 성조기, 높이 솟은 물탱크탑, 그리고 수시로 이착륙하는 갈까마귀 같은 항공기를 보는 것이 일상이었다.

1983년 5월 5일, 중국 민항기가 갑작스레 불시착 때, 미군 기지 캠프 페이지(Camp Page)는 국내외의 높은 관심을 받았으나 지역민에게는 결코 넘을 수 없는 타국의 영토였다. 나로서도 몇 번 기지를 방문할 기회가 있었지만, 같은 하늘 아래 조국의 주권이 미치지 못하는 이국의 땅을 딛는 느낌은 뭔가 어색하고 이상하기만 했다. 기지 인근 춘천고등학교의 넓은 운동장과 기지 울타리 사이 일직선으로 뻗은 도로에 포플러나무가 일렬로 서 있는 것은 그나마 자전거를 타고 달리기에 꽤 기분 좋은 길이었다.

　　구릉丘陵이 많은 춘천의 지형은 성장기에는 몰랐지만, 이후 언제부터인가 사람이 살기에는 버겁고 불편하다는 생각을 하게 만들었다. 평지에 있는 학교를 초, 중, 고교를 이어가며 도보와 자전거로 통학했던 나와는 달리, 걷거나 버스를 이용한 뒤 다시 언덕에 있는 학교로 올라가야 하는 여학생들에겐 고통이 컸을 것이다. 아마도 누구나 한·두 번은 반드시 불평했을 것이며, 언덕에 사는 동네 사람들은 고개 덕분에 하얀 교복을 입은 여학생들의 다리가 무처럼 튼튼해지고 있다고 농담 삼아 말하기도 했다.

　　그런저런 기억을 돌아보니, 포플러나무 아래서 살아가던 사람들 모습과 거리 풍경은 아련하고도 정겹기만 하다. 도로가 확장되며 커다란 포플러 나무들이 사라져가고, 그 아래를 지나던 사람들도 어디론가 떠나간 오늘날 – 춘천을 말없이 지키고 있는 사람들, 그리고 남은 포플러나무들. 그 모든 사람과 자연이 춘천의 옛 정기를 간직하고 오래오래 낭만적인 도시의 정취와 자부심을 지켜가길 바란다.

시간이 지나 다시 들으면 어깨가 들썩거려지는 노래. 리듬을 타고 시간을 거슬러, 청소년 시절의 추억 속으로 빠져드는 노래가 흐르면 – 포플러의 도시는 다시 살아난다. 그래서 오늘 이예린의 〈포플러 나무 아래〉를 들으며, 노랫말처럼 '나만의 추억'에 젖어본다.

# 눈 내리는 날

환경 위기로 인해 지구에서의 삶은 점점 더 위기를 맞습니다. 그렇다고 인간이 살기에 최적화된 푸른 별을 포기할 수도 없고, 그래서도 안 되는 것이 우리의 현실입니다. 온난화를 넘어 열대화로 진행 중인 온도 증가는 지구촌의 가장 큰 걱정과 관심사가 되어갑니다. 당장 피부로 와닿는 것이, 이제 한여름은 혹서의 시간이 너무 길고, 어쩌면 한겨울은 혹한이 길어질지도 모릅니다.

춘천은 중부 내륙지방에서 유례없이 추운 곳으로 자리매김하고 있습니다. 사실 예전과 비교하면 현재의 날씨가 아무리 춥다 한들 비교가 되겠습니까 만은, 여름은 덥고 겨울은 추위의 강도가 더해진다고 하니, 정치·경제를 비롯한 일상생활에 있어 삶의 불안정성뿐만 아니라 기후의 불안정성 또한 커지고 있다는 점이 지속가능성에 큰 그늘을 드리웁니다.

최근에는 눈 내리는 날이 부쩍 줄어들었습니다. 눈길을 걸을 기회도 없고, 함박눈을 펑펑 맞던 일은 오래전 기억에만 남아있습니다. 어쩌다 함박눈이 쏟아져 세상이 설국으로 변하면, 생각은 타임머신을 타고 기억을 거슬러 오릅니다.

제가 한때 군 복무를 했던 곳은 깊은 산속 오지였습니다. 일반인이 접근할 수 없는 군기지는 겨울 적설량이 어마어마 했습니다. 눈이 오고 조금씩 녹는 것을 고려하더라도 한 해의 적설량은 2m에 근접했습니다. 북한을 제외한 남한 지역에 그렇게 눈이 많이 온다는 정보를 접하고, 임관 후 일부러 해당 지역에 자원해서 복무하기로 마음먹었습니다. 자대배치를 받아 군차량을 타고 기지로 이동하며 바라본 고원의 설원은 별천지였습니다. 극한의 추위를 잘 견뎌내고 군 복무를 마친 기억은 이제 기억 저편 속에 그리고 빛바랜 사진 속에 남아있지만, 거친 자연이 만들어내는 특별한 설원 세계는 삶의 한 시점에 가장 낭만 가득한 시점이었음을 알게 되었습니다.

그 이후로 눈이 수북이 쌓인 영동 고속도로를 몇 번 오갔던 일이 있었는데, 정작 올림픽이 열렸던 평창의 지리를 잘 모른 탓에 이곳으로부터 다른 지역으로 넘어가는 도로가 낯설기만 했습니다. 지역 주민에게 물어보면서 42번 국도를 따라가니 작은 마을에 이르게 되었습니다.

그곳은 바로 '안흥찐빵'으로 유명해진 횡성군의 '안흥찐빵마을'입니다. 이곳은 우리나라의 50, 60년대 공동체의 삶이 느껴지는 아주 작은 마을이었습니다. 마을로 들어가는 길을 따라 다리를 건너면 공공기관인 우체국이 하나 있고, 조그만 마을농협이 눈에 띄고, 전국 어디에나 있는 중국집도 하나 있습니다. 좁다란 길을 따라가면 오래된 간판을 이고 있는 칼국수 집도 있고, 주민행정센터도 있습니다. 어떻게 보면 옛 서부극 〈OK 목장의 결투〉에 나오는 듯한 아기자기한 마을입니다.

특별한 점은 이 작은 마을의 찐빵이 전국적으로 알려졌다는 것입니다. 저도 그 소문에 이끌려 현지에서 찐빵을 먹고, 또 사 오기도 했습니다. 예전 생각이 나서 그 빵집에 들르게 되었습니다. 마을 중간쯤 위치한 오래된 가게가 제가 찾고자 하는 가게였는데, 들어가 보니 건물 안의 구조가 낯설게 느껴졌습니다. 주인아주머니도 어쩌면 머리 희끗희끗한 할머니가 되셨을 텐데…. 할머니는 보이질 않으니 무언가 달라졌구나, 라는 생각을 하게 되었습니다. 나중에 알게 된 일이지만, 원래의 주인 할머니는 다리 건너서 마을 외곽에 있는 조그만 가게로 일터를 옮겼다는 것이었습니다.

자본주의 시대에 보기 드문, 정겨운 시골 마을 – 따뜻한 작은 마을 공동체도 결국 '돈'이란 거인 앞에서 맥을 못 추고, 공동체가 균열 될 수밖에 없다는 생각에 마음이 안쓰러웠습니다. 저는 따뜻한 찐빵을 하나 뜯어 먹으며 옛날의 추억을 되새겼습니다. 잠시나마 그 기억으로 마음이 따뜻해지며, 다음 겨울 창밖에 눈이 펑펑 내릴 때 이곳에서 "김이 모락모락 나는 찐빵을 먹겠노라"고 다짐을 하며 가게를 나섰습니다.

이렇게 먹는 것만으로도 마음이 따스해지는데, 그 오래

전 미국 신대륙 개척기에는 삶이 얼마나 고달팠을까를 생각해 보고, 또한 동시에 개척민들이 얼마나 강인했는가를 생각게 됩니다. 개척민들이 1620년 메이플라워호를 타고 미 대륙에 첫발을 내디딘 시점을 기원으로 미국 건국을 셈하면, 대략 400년이 됩니다. 미국사美國史를 살펴보면, 미개척 초기 이민자의 절반 이상이 추위와 배고픔을 이기지 못하고 일 년 이내에 사망했다고 합니다. 다시 한 해 겨울이 지나면 주민의 인원이 반감되는 것이지요. 그들의 당면과제는 아마도 '눈 오는 날의 생존'이었을 겁니다. 지상의 모든 것을 뒤덮고 궁극의 고난으로 다가왔던 눈이 현대문명 속에선 낭만으로 다가오니, 첫눈 오는 날의 약속과 추억은 낭만이 되어, 현시대를 살아가는 우리는 함박눈이 내리는 것만으로도 즐거워집니다.

눈이 펄펄 내리는 날, 설국 속으로 푹 빠져들고 싶은 생각은 옛날이나 지금이나 변함없습니다. 일본의 노벨상 수상 작가 가와바다 야스나리도 『설국』에서 눈 오는 세상을 배경으로 멋진 작품을 만들어냈고, 미국 시인 프로스트는 "숲은 그윽하며 어둡고 깊지만"이란 인상 깊은 시구를 우리 뇌리에 각인시켰습니다.

한국 시인 중에 눈雪 하면 떠오르는 시인 백석은 제가 좋아하는 시인으로서, 그의 시 '나와 나타샤와 당나귀'는 독자를 깊은 설국雪國으로 끌어들이는 매력을 갖고 있습니다.

가난한 내가
아름다운 나타샤를 사랑해서
오늘밤은 푹푹 눈이 나린다

나타샤를 사랑은 하고
눈은 푹푹 날리고
나는 혼자 쓸쓸히 앉어 소주를 마신다
소주를 마시며 생각한다
나타샤와 나는
눈이 푹푹 쌓이는 밤 흰 당나귀 타고
산골로 가자 출출이 우는 깊은 산골로 가 마가리에 살자

눈은 푹푹 나리고
나는 나타샤를 생각하고
나타샤가 아니올 리 없다

언제 벌써 내 속에 고조곤히 와 이야기한다
산골로 가는 것은 세상한테 지는 것이 아니다
세상 같은 건 더러워 버리는 것이다

눈은 푹푹 나리고
아름다운 나타샤는 나를 사랑하고
어데서 흰 당나귀도 오늘밤이 좋아서 응앙응앙 울을 것이다


'나와 나타샤와 흰 당나귀' 전문

**90**

백석 외에도 김춘수 시인의 시도 '눈'을 배경으로 하고 있고, 박상우 소설가의 소설도 눈에 관한 제목을 갖고 있습니다. 오래전 춘천 명동으로 가는 길목의 한 건물 2층에는 〔샤갈의 마을에 내리는 눈〕 이란 카페가 있었습니다. 눈 오는 날 왠지 '샤갈의 마을'에 들르고 싶었던 마음이 단지 상혼에 미혹되어서인지, 아니면 본디 마음속 깊은 곳에 있던 낭만적 감성이 깨어나서인지는 알 수 없지만, 카페를 마주한 건널목에 서서 파란불이 들어올 때까지 기다리는 동안, 카페 〔샤갈의 마을에 내리는 눈〕 은 "어서 오세요, 이곳으로 오세요" 하며 손짓하는 것만 같았습니다.

　샤갈의 마을에는 三月에 눈이 온다.
　봄을 바라고 섰는 사나이의 관자놀이에
　새로 돋은 靜脈이
　바르르 떤다.
　바르르 떠는 사나이의 관자놀이에
　새로 돋은 靜脈을 어루만지며
　눈은 수천 수만의 날개를 달고
　하늘에서 내려와 샤갈의 마을의
　지붕과 굴뚝을 덮는다.
　三月에 눈이 오면
　샤갈의 마을의 쥐똥만한 겨울 열매들은
　다시 올리브빛으로 물이 들고
　밤에 아낙들은
　그해의 제일 아름다운 불을
　아궁이에 지핀다.

　– 김춘수, '샤갈의 마을에 내리는 눈' 전문

발갛게 타오르는 장작불이 낭만적으로 식욕을 자극할 때, 겨울 간식거리로 '군고구마'를 떠올립니다. 눈이 펑펑 쏟아지는 날, 따뜻한 아랫목에 앉아 노랗게 익은 군고구마를 한입 베어 무는 것과, 마른 솔가지를 잘라 아궁이에 넣으며 활활 타오르는 불길을 멍하니 바라볼 때 가슴 깊이 배어들던 짙은 솔 내음이 잊히질 않습니다. 이런 추억을 되새기며 훈훈한 장면을 그려보니, 살아있는 한 행복은 결코 먼 곳에 있지만은 않은 것 같습니다. 눈 오는 날, 프로스트의 시를 떠올리며 잠시 행복한 시간을 가져봅니다.

산들 바람에 실려 눈 내리는 소리뿐.
숲은 그윽하며 어둡고 깊지만
내겐 지켜야 할 약속이 있다,
그리고 가야할 길이 있다, 잠들기 전에
가야할 길이 있다, 잠들기 전에.

'눈 내리는 저녁 숲가에 서서' 부분

# 마지막 경춘선 무궁화 열차

스티브(Steve)는 내게 웃으라고 했다. 기차 난간을 잡고, 마지막 경춘선 열차의 승차 계단에 올라 나는 함박웃음을 지었다. 일제 식민 지배기에 운행을 시작해서, 71년간 춘천과 서울을 오가며 지역민의 발이 되어주었던 경춘선 열차가 2010년 12월 24일 운행을 끝으로 긴 역사의 막을 내리는 순간이었다.

서울행 오전 열차는 긴 강촌 철교를 건너 숨을 고른다. 단 몇 분을 머무는 동안, 스티브는 소리쳤다. "한 발 뒤로 가봐요. 왼쪽으로 한 발 더." 외국인 특유의 억양이 배어있지만, 그는 능숙한 한국말로 내 발걸음을 옮겼다. 기차가 숨을 고르는 동안 스티브의 주문은 계속됐다. 서 있는 육중한 철마를 배경으로 마지막이 될 장면들. 그 사진은 내 기억 속에 흑백 사진으로 남았다.

기차가 머무는 동안 스티브는 몇 장의 사진을 더 찍어주겠다고 제안했다. 그도 그 사진의 의미를 알 터이므로, 호의를 갖고 적극적으로 사진사의 역할을 자청한 것이다. 처음 만난 사람의 부탁으로 마지막 사진을 찍어주는 스티브. 내가 만났던 여럿의 스티브 중 그가 유독 나의 기억에 선명하게 남은 까닭이다. 사실 그의 성(라스트 네임)도 미들 네임(중간 이름)도 알지 못한다. 기차가 출발하기 전 그는 단지 자신의 이름이 '스티브'라는 것과 강촌 일원에 머물렀다는 것만을 알려주었으며, 마지막 무궁화 열차를 타고 강촌을 뒤로하고 떠났다.

1939년 7월 25일, 일제 강점기에 개설되어 71년을 운행한 경춘선 완행열차가 막을 내리는 날이었다. 오랜 세월의 노구를 이끌고 열차는 헐떡이며 강촌역으로 들어왔다. 젊은 시절 누구나 한번은 청춘열차를 타기에, 젊음의 성지라 불리는 강촌으로 캠핑족들을 실어가던 열차는 교통이 여의치 않았던 춘천으로 향하는 통로이자, 지역민에게는 짐과 사람을 실어 삶을 보듬던 교통수단이었다. 서울과 춘천을 오가는 완행열차에는 젊음과 낭만과 추억의 보따리가 실려 오갔다.

열차가 운행을 중단한다는 얘기를 듣고 나는 남춘천역에서 강촌역 구간을 마지막으로 탑승하기로 했다. 그리고 열차가 선 강촌역 승차장에서 처음이자 마지막으로 스티브를 만났다. 그로부터 주소를 받을 새도 없이, 열차는 숨을 고른 뒤 출발을 알렸다. 서둘러 스티브에게 이메일 주소를 건네줬다. 스티브는 찍은 사진을 이메일로 보내주겠노라고 말하며 열차에 올랐다. 열차가 내뿜는 연기만큼이나 처음 만난 스티브의 친절함이 오랫동안 철로 뒤로 여운을 남겼다.

그로부터 며칠 후에 이메일이 한 통 왔다. 영국으로 돌아간 스티브가 짧은 안부와 더불어 정성 들여 찍은 사진을 보낸 것이다. 고풍스럽고 애잔한 철로를 배경으로 낯설고도 친숙한 존재가 열차 계단에서 웃고 있었다. 스티브를 보는 듯 웃음이 나왔다. 얼마나 고마운 일인가. 서툰 외국어로 이리 와라, 저리 가라 하면서 처음 만난 사람의 사진을 찍어준다는 것이. 그에게 감사의 인사를, 안부를 꼭 전하겠다고 마음먹었었다.

얼마 동안 바쁜 일이 이어졌었나 보다. 스티브의 메일에서 사진을 받아놓고, 그만 달을 넘기고 말았다. 어찌 된 일인가. 남아있어야 할 메일은 보이지 않고, 따라서 그에게 연락할 방법이 막연했다. 어렴풋이 그가 강촌 어디에선가 지냈다는 말을 한 기억이 있기에, 해당 지역의 기관이나 시설을 찾으면 그와 연락이 닿겠다는 생각을 했다. 중요한 순간, 머릿속의 계획은 꼭 현실화하지는 않음을 경험하게 되었다. 그 인자한 얼굴과 넉넉한 마음씨. 막연히 그가 그 지역 어디선가 기도와 수행을 했던 사제든가, 종교 관계자가 아닐까 하는 생각이 든다.

마지막 열차에서 처음이자 마지막으로 만난 따스한 존재. 마지막 열차의 여운처럼, 스티브는 인자한 미소와 따뜻함을 안고 기억 저편에 남아있다. 그가 얼핏 강촌 어디엔가 있다고 언급한 기도원을 생각할 때, 자신의 나라를 떠나 먼 이곳까지 와서 수많은 사람을 생각하며 기도했을 선한 존재를 떠올리게 된다. 이따금 생각나지만, 한 해 한 번이라도 –

먼 강촌에 와서 이방인을 위해 기도했을 – 푸른 눈의 사제를 위해 기도하는 시간을 갖는 것이 내 도리가 아닐까 하는 생각이 든다. 보이지 않는 곳, 인자한 미소로 주어진 미션을 충실히 하고 있을 스티브. 14년 전 겨울을 생각하며, 12월 마지막 달이 가기 전에 그의 건승을 기린다.

# 천千 개의 바람

그의 노래를 들으면, 가슴 깊은 곳으로부터 아련한 슬픔이 밀려온다. 노래만으로도 사람이 슬퍼지고 또 즐거워질 수 있다는 것이 참으로 신기하다. 음악은 분명 또 다른 언어이며, 언어와 민족을 초월한 더 넓은 세상에서 통용될 수 있는 보편적 언어라는 생각을 한다. 아침 방송에 나온 바리톤 송기창. 준수한 외모에 단아한 이미지가 그가 걸어온 길을 보여주고 있었다.

그의 이름을 듣는 순간, 어디선가 들은 이름이라는 것을 직감하며 기억을 더듬었다. 오래전 인터넷상에서 우연히 접하고, 좋은 음악이라고 느껴져서 저장해놓았던 노래였다. 왜 그 노래가 그토록 다가왔을까. 그의 노래를 돌아보는 것은 곧 그때의 심정, 그때의 메모를 돌아보는 일이다.

부두에서 세차게 돌아가는 노란 바람개비. 사람들은 아마 천 개의 바람개비를 만들었을 것이다. 바람을 타고, 바람을 멀리멀리 날려 보내는 바람개비. 간절한 바람. 간절한 기도. 영원한 희구. "천 개의 종이학을 만들면 소원이 이루어진다."라는 그 말을 사람들은 아주 단순하고 간절하게 믿기에, 또

믿고 싶기에, 천 개의 바람개비를 부두 난간에 꽂아 놓았다.

모두가 침통하고, 걱정하고, 울분에 젖었던 그때 나의 손도 조금씩 움직였다. 기고 뒤 신문에 과연 기사가 실릴까 하는 의문 속에 기다림은 계속되었다. 그리고 또 며칠이 지난 뒤, 모 신문사의 편집 책임자로부터 전화가 왔다. 기고에 감사한다며, 지금은 투고가 너무 많아서 게재할 수 없으니 양해해달라는 전화였다.

그의 말을 믿으려 노력했다, 이유는 분명하지만…. 결국 기고한 글을 다시 학보에 기고하게 되었다. 그때 글을 적으며 듣던 곡이 송기창의 〈내 영혼 바람 되어〉였다. 그 이름이 맞는다면, 그는 바로 오늘 아침 방송에 나온 사람과 동일인이다. 바닷속으로 잠기는 아이들을 생각하며 그 노래를 들을 때면 시야가 흐려졌다.

시간이 가면 많은 걸 잊고 또 잊어가는 것이 정상이지만, 그렇게 할 수 없는 일들이 있다는 것을 또한 나이가 들면서 알게 된다. 오늘 다시 그의 노래와 내 글을 꺼내 돌아본다. '천 개의 바람개비'. 우리 모두의 가슴에 영원토록 바람을 타고 돌고 있는 노란 바람개비.

**2015. 5월 어느 날의 글.**

돌아보면 이 글을 쓸 때의 마음이 고스란히 남아있어서, 글 그대로 이곳에 옮기기로 한다.

## 배려(Respect) 없는 사회: 지속적 항해는 가능한가

세월호 사고는 있어서는 안 되는 사고로 상식을 크게 벗어난 참담한 사고였다. 이번 사건은 우리 삶의 심층을 들여다보고, 삶의 양상을 돌아보게 하는 점에 있어 매우 중요하다고 생각한다.

이번 사고는 선박의 운항과 초동조치, 부실한 재난대응 체계, 해운업계 전반의 부정·부패가 만들어낸 총체적 인재人災이다. 침몰의 직접적 원인이 되는 조타기의 고장, 화물 과적, 불법 선박 개조로 인한 복원력 상실, 승무원의 책임 회피 등은 너무나 비상식적이어서 분노하다 못해 참담하고 부끄러운 마음을 금할 수 없다.

많은 전문가는 이 사고의 원인으로서 선장과 다수 승무원이 제대로 된 역할과 책임을 이행하지 못했음을 지적한다. 종합적이고 체계적인 재난방지 대책의 부재를 꼽는 것이다. 그러나 이면을 좀 더 자세히 살펴보면, 거기엔 자본주의의 물질 추구와 금전 추구의 욕망이 곳곳에 존재하고 있다.

## 물 밖으로 드러난 우리 사회의 모습

세월호는 침몰하면서 우리 사회의 모습까지 물 위에 적나라하게 띄워주었다. 물 밖에 드러난 우리 사회의 모습은 추하고 기형적인, 한 마디로 총체적 부실이라는 형상으로 부유浮遊한다. 선원들의 몰지각하고 비양심적인 행태와 도덕 불감증, 해운사의 부실 운영, 선박 운영 관련 정부 기관과 단체의 이권개입 및 검은 뒷거래, 이 모든 것이 오늘 우리가 발을 담그고 있는 21세기 한국 사회의 모습이다.

이번 사고는 무엇보다도 리더로서의 선장(책임자)의 자질과 책임감, 덕망이 얼마나 중요한지를 바로 보여준 사건이다. 선장이 초동조치만 잘 취했어도 그처럼 엄청난 인명 손실을 낳지는 않았을 것이다. 근본적으로는 승객에 대한 배려(respect)가 실종됐기에 그에게 승객의 안위 따위는 안중에도 없었다. 단위의 크고 작음의 차이일 뿐, 우리 사회에 이웃과 타자에 대한 사려思慮와 배려配慮가 부족함이 드러났다.

반복되는 이야기이지만 참담한 사고를 초래한 근본 원인은 금전 지향적이고 권력 지향적인 사회 조류에 기인한다. 좀 더 많은 수익을 내기 위해 조타기가 고장 난 배를 운항하고, 적정량의 3배가 넘는 화물을 적재하며, 또 침수하는 배에서 수백 명의 승객을 버리고 제일 먼저 탈출하는 몰지각한 행태가 드러났다. 삶의 본질에서 멀리 벗어나 모양새를 중시하고, 이익에 탐닉하며, 1등만을 인정하고, 수치와 결과만을 중시하는 우리 사회의 단면이 여과없이 드러났다는 사실을 깊이 인식할 필요가 있다.

## 급격한 경제성장과 부실한 토대

침몰하면서 세월호가 남긴 것은 우리의 영혼 없는 몸체와 심연의 무질서였다. 배려와 존경이 사라진 사회, 경쟁의 논리와 결과에 함몰된 사회, 나무가 서 있는 토양이 아닌 과실만을 바라보는 사회, 이런 것이 발전의 환상 속에 가려진 우리의 모습이었다. 그리고 이것은 작든 크든 간에 크기의 문제가 아니라 본질의 문제이다.

힘 있는 자는 권력을 지향하고, 행복을 추구하는 자는 물질과 부富에 올인하는 사회를 만들어가며, 그동안 우리는 삶을 인간 본질로서가 아니라 모양새로 판단해 오지 않았던가. 그 때문에 가치 있는 인간 개체들이 얼마나 많은 고통을 당하고, 삶이 황폐해지고 피폐해졌는가. 힘 있는 주체와 기관은 얼마나 이기적이고 비인간적으로 이 사회를 경영해왔는가.

우리는 짧은 시간에 급속한 경제성장을 이루었다고 뿌듯해 했다. 그 가운데 경쟁과 효율의 논리로 타자를 재단하고 평가하며, '나'를 중심으로 탑을 높이 쌓아왔다. 이에 반해 서구의 자본주의는 오랜 시간을 윤리에 기초하여 상생의 자본을 쌓아왔다. 막스 베버(Max Weber)의 경제사상을 토대로 윤리와 경제가 조화를 이룸으로써 오늘날 찬란한 자본주의의 꽃을 피운 것이다. 이와 비교해서 우리의 자본주의 체계는 어떤지, 또 서구 국가들이 공직자의 부정·부패를 엄격하게 다스리는 것과 비교할 때 우리 사회의 자본주의 시스템은 그 토대와 토양이 어떠한지도 생각해 볼 필요가 있을 것이다.

이제 과실의 달콤함만을 추구해서는 안 될 것이다. 높은 도덕의식과 책임감, 무엇보다도 타자에 대한 배려와 사려,

전통적인 긍정적 가치관의 고양과 이웃에 대한 사랑과 배려, 그리고 물질을 이겨낼 수 있는 인문학 정신과 기풍이 필요한 시점이라고 본다.

**여행의 변증법: 만남과 헤어짐의 미학**

다시 일상으로 돌아가야 한다. 단순한 회귀가 아니라 삶의 터전이 허위와 탐욕과 거짓으로 가득한 곳임을 알고 돌아가는 것이다. 그리고 삶에 대한 성찰에서 시작하여 부조리한 세계의 혼돈을 창조적으로 세워보자. 그리하여 삶에 어떻게 올바른 질서를 부여할 것인가, 그 질서를 어떻게 공유할 것인가를 진지하게 고민해야 한다. 진리와 행복이 대립하지 않고 상생·보완하는 길을 찾아야만 한다.

삶은 만남과 헤어짐이 교차하는 역驛이다. 이제 남아있는 자들이 더 좋은 세상을 위하여 노력해야만 한다. 비록 이번 사고에서 우리는 너무 많은 것을 잃었지만, 큰 고통을 함께 나눌 수 있는 따뜻한 마음을 확인할 수 있었다. "삶은 선택의 연속이다. 가장 중요한 것은 상대를 배려하며 살아가는 것이다"라는 작가 커트 보니것(Kurt Vonnegut)의 말을 생각하면서, 앞으로 우리 사회에 '배려', '존엄' 같은 단어가 가장 소중하게 자리매김했으면 좋겠다. 모든 한 사람 한 사람이 배려와 존엄으로 그 고유의 가치를 인정받는 사회가 될 때, 안정적이고 지속적인 항해는 가능하지 않겠는가.

**그날의 글은 여기에서 끝난다.**

분노에 찬 이 글을 쓴 날짜를 보니 2015년 5월이었다. 10년의 세월이 지나 '천 개의 바람'을 부른 그의 노래는 여전히 아리게 가슴에 스민다. 그러나 진지한 마음과 열정으로 썼으니, 알 수 없는 사유로 원고가 반려되었어도 마음은 위로와 소망을 안는다. 바람개비를 그리면서 아픔은 뒤로하고, 소망과 변화를 품고 앞을 향해 달려가고자 한다. 우리는 하늘 아래, 신 앞에 영원히 바람개비를 돌리며 달리는 미완未完의 존재이기 때문이다.

# 개여울에 앉아서

한겨울 기세가 매섭다. 영하의 날씨를 뚫고 실내로 들어온 햇살이 포근히 곁에 머물고, 간만의 늦잠으로 마음의 고삐도 푼다. 아침을 여유 있게 하면서 음악 좌담 프로그램을 시청했다.

낯익은 가수가 부르는 노래가 가슴에 와닿는다. 1970년대에 많은 사랑을 받았던 가수 정미조. 그녀가 '백투더뮤직'에 나와 기억을 소환한다. 〈개여울〉〈휘파람을 부세요〉 등의 노랫말 가사를 떠올렸다. 예전에 노래를 들으며 따라 하기도 했지만, 가수가 누구인지 제목이 무엇인지 신경 쓰지도 않았었다. 그저 마음 한구석에 여운이 남고, 애틋한 서정이 가슴에 남았기에 가사를 기억하고 있을 것이다. 오늘 그 노래를 들으니 정겨운 노랫말이 가슴에 여울 짓는다.

당신은 무슨 일로 그리합니까 홀로이 개여울에 주저앉아서 파릇한 풀포기가 돋아 나오고 잔물이 봄바람에 헤적일 때에 가도 아주 가지는 않노라시던 그런 약속이 있었겠지요

풍경, 오늘과 내일이 되다

이 노래는 김소월의 시를 작곡가 이희목이 작곡하여 만들었다고 한다. 한 편의 시가 음악의 옷을 입고 애잔한 마음을 승화시켜 명곡으로 탄생했다. 김소월의 시가 애환의 서정으로 승화된 노래를 들으며 어릴 적 바라보던 개여울을 떠올린다.

조용한 산골 마을. 경기도의 외진 한 읍에서 십 리를 걸어 들어가면 조부 댁이 있다. 덜컹거리며 산길을 굽이돌던 버스에서 내리자마자 구토를 참지 못하고 속을 비워냈다. 시외버스 특유의 고약한 냄새. 주위 승객을 아랑곳하지 않고 마구 뿜어내던 야만스러운 담배 연기. 짐과 사람을 싣고 내리는 어수선함. 촌로들의 가룽 거리는 기침 소리. 비포장 길 위를 투박하게 질주하는 타이어의 신음. 이런 최악의 여건을 견뎌내고 발을 딛는 시골은 어린 눈에도 청정자연 그대로였다.

모친의 손을 잡고 골을 따라가며 흙길을 걸어 도착하는 곳. 낮은 산이 병풍처럼 둘러선 한 가운데에 마을은 포근히 자리해있다. 십여 채의 집이 옹기종기 모여 있는 마을의 맨 앞에서 조부 댁은 마을에 들어오는 사람들을 반갑게 맞는다. 대부분 집이 그렇듯, 주춧돌을 괴고 올라선 단출한 집 앞에 너른 마당이 있고, 조금 떨어진 헛간을 따라 외양간과 계사, 그리고 뒷간이 있다. 그리고 그곳에서 나온 분뇨는 빗물과 함께 자연스럽게 울타리 밖으로 흘러나간다.

집과 바깥을 구분 짓는 것은 싸릿대와 덤불 가지로 얼기설기 엮은 나무 울타리. 울타리란 결국, 관목 중간마다 나무

덤불을 끼워 넣어서 담의 구실을 하지만, 닭과 개 그리고 심지어 개구리와 뱀까지 자유롭게 드나드는 느슨한 안과 밖의 경계였다. 사립문은 양쪽에 지렛대 역할을 하는 굵은 기둥에 몸을 의지한다. 잔가지를 엮어 맨 수평의 기다란 장대를 기둥에 기댔다가, 출타 시 회전시켜 다른 기둥에 기대어 놓으면 '외출 중'임을 알린다. 도심의 주택이 견고한 담과 철문으로 외부와 단절된 견고한 성이라면, 시골 집은 누구나 맘 편히 드나드는, 심지어 동물들도 자유롭게 드나드는 느슨한 삶의 경계를 보여준다. 뒤뜰에는 이끼 가득한 받침돌 위에 크고 작은 장독들이 무질서한 가운데 나름의 질서를 통해 늘어서 있고, 좌우 양쪽으로는 커다란 배나무와 밤나무가 그늘을 드리우며 더없이 한가로운 모습이었다.

할아버지, 할머니는 앞 텃밭에 딸기를 심으셨다. 십리 길을 걸어서 마을 안에 들어서면 빨갛게 익은 딸기가 고개를 내밀고 있었다. 그 밭 아래로 방죽을 지나 울타리를 돌아가면 작은 물줄기가 굽이굽이 돌아가는 실개천이 나타난다. 언젠가 마을을 벗어나 길을 따라가니 동네 아주머니들이 빨랫감을 한 보따리씩 이고 와서 편평한 돌 위에서 신나게 두들기고 있었다. 또 언젠가는 어머니가 홀로 말없이 빨래하고 계셨다. 듣자 하니, 갓난아기였을 때 아버지는 입대하셨고, 시댁에 와 있던 어머니는 그 돌다리 위에서 수없이 빨래하셨다고 한다. 그 개여울에서 빨래하며 어머니는 무슨 생각을 하셨을까. 영원히 곁에 계실 것 같더니만 홀연히 떠난 어머니. 훗날 천국에서 뵈면 꼭 여쭙고 싶다.

　개여울은 지금도 흐르고 있을까. 평온한 들판을 말없이 흐르던 개울. 인기척이 나면 소란스레 물로 뛰어들던 개구리와 수초 속으로 숨어들던 물고기의 포근한 안식처. 비 오는 날 사나운 황토물이 물풀을 고꾸라뜨리며 안개 속으로 짙은 흙냄새를 퍼뜨리던 개울은 논두렁을 지나온 발의 물때를 씻어주고, 구겨진 빨랫감을 수없이 내리치는 방망이의 열기를 식혀주며 차디찬 물줄기를 흘러내렸다. 화창한 날 돌다리를 지나던 물은 햇살에 아롱지며 그림자를 풀어 내렸다.

　　날마다 개여울에 나와 앉아서 하염없이 무엇을 생각합니다
　　가도 아주 가지는 않노라심은 굳이 잊지 말라는 부탁인지요.

　개여울에서 하던 고기잡이를 돌아보니, 물속 돌을 쿵쿵 구르던 발을 멈추면 흙탕물 아래로 비늘을 반짝이며 은빛 물고기가 드러났다. 너도나도 햇볕에 가맣게 된 손으로 족대에서 퍼덕거리는 버들가지, 돌마자 등을 건져 종다래끼에 신나게 담곤 했다. 미디어가 번뜩일 때마다 봉인된 은밀한 사실들이 부유浮遊하는 이맘때고 보면, 물질과 자본과 권세로 얼룩진 탁류의 거센 물살을 추억이 깃든 개여울의 돌다리를 건너면서 잊고 싶어진다.

　며칠 뒤면 설을 맞는다. 온 가족이 함께 모여 사랑의 공동체를 확인하는 시간. 서로의 안부를 묻고, 서로를 갈라놓았

던 시간을 위로하며 채우는 소중한 머무름이 될 것이다. 한 겨울 개여울엔 빨래터에서 피어난 김이 얼어붙은 개천을 따라 길게 퍼졌고, 나목裸木에 앉은 한 마리 새가 눈 덮인 들판을 말없이 내려다보고 있었다. 내 마음의 개여울에 나와 계신 어머니, 당신은 무슨 일로 그리합니까.

# 동산의 가을

가을이 오나 봅니다. 먼저 소리를 듣습니다. 한여름 간간이 휘익 휘익, 불던 바람이 가을이 되니 쉬이익 쉬이익, 하며 한층 강렬해졌습니다. 다음엔 하늘을 보고 먼 산을 봅니다. 머리 위 뭉게구름은 어디론가 두둥실 떠갑니다. 이따금 따스한 햇살이 비치기는 하지만 잠시 머물다 이내 구름 망토를 걸치는군요. 먼 산이 이토록 가깝게 느껴지는 것이 신기하기만 합니다.

가을은 물속에도 있습니다. 돌다리 아래에서 하늘거리고 있는 물이끼는 언제부터 그렇게 손을 흔들고 있었을까요. 비록 머지않아 생명 줄을 놓겠지만 아직은 부지런히 움직입니다. 버드나무가 늘어진 그늘에서 천천히 움직이고 있는 생명체. 물속을 유영하는 물고기도 가을엔 살을 찌웁니다. 살이 오른 유선형 몸을 부드럽게 움직입니다.

가까워지고 싶은 계절입니다. 살찌고 싶은 계절입니다. 나무가 가지를 흔들어 반기고, 갈대가 몸을 숙여 인사를 합니다. 한 계절을 보내며 '기다림'을 생각합니다. 바람에 낙엽이 날아가듯, 몸은 산을 타고 하늘로 오릅니다.

세월이 흘러도 뇌리에 각인된 동산의 여름은 잊히지 않습니다. 세상을 가르는 것은 매미였지요. 매미들은 숲에 몸을 숨기고 세상이 떠나갈 듯 울어댔고, 칠흑 같은 밤엔 쥐죽은 듯 잠을 잤습니다. 동산 구릉丘陵을 벗어나면 언덕 안팎으로 이글거리는 태양이 살갗을 파고듭니다. 구릉 공지空地엔 커다란 나무 그늘이 있지만, 그곳을 벗어나 마을 밖을 향하거나 골짜기 안쪽 마을로 향하는 내리막길엔 화산 같은 지면 열기가 몸을 휘감습니다. 동산은 그늘이 만들어내는 작은 천국과 지옥의 교차점이었습니다.

그늘 속 매미는 왜 그토록 죽어라 우는 걸까요? 한철을 구가하는 것이 너무도 아쉬운 걸까요. 보이지 않는 경계선. 공지空地엔 밤나무들의 긴 가지와 무성한 잎이 큰 그늘을 만들고, 그곳에 사람과 짐승과 벌레가 모여 한여름 더위를 삭입니다. 동산 쉼터는 고요함과 인기척이 뒤섞이고, 이별의 눈물과 재회의 약속, 그리고 간절한 기다림과 그리움이 혼재하는 곳이었습니다.

동구 밖의 적막함. 앞마을로 향하는 비탈길엔 한낮의 햇볕이 작열하고, 비탈진 언덕 위에선 짙푸른 벼와 진갈색 논밭이 한눈에 들어옵니다. 버드나무는 연푸른 잎을 휘날리고, 녹음綠陰 어디에선가는 매미의 구애가 한창입니다. 강렬한 햇빛, 숨 막히는 열기, 그리고 굴절을 모르는 매미 소리는 발걸음을 멈춘 존재들을 무시간의 공동으로 깊이 빨아들였습니다.

**110**

시골의 단조로운 일상으로 점철된 방학이 끝날 때쯤, 동산 위에 서면 어머니 생각이 났습니다. 노을 질 무렵이면 막연한 허전함과 그리움이 몰려왔지요. 산으로 둘러 에인 골을 굽이굽이 따라가다가 마지막에 이르는 곳, 그 끝에 자리 잡은 작은 마을. 평지에 초가집 몇 채가, 또 비탈면을 따라 몇 채가 서 있습니다. 마을 외부로 향하는 좁은 언덕길의 경사는 어린 나이에는 꽤 가파르게 느껴졌습니다. 다만 바람은 그곳을 자유롭게 오르내리며 한여름을 즐겼습니다. 머물지 않고 자유로웠습니다. 동산 밤나무 그늘의 깊고 그윽한 바람. 뜨거운 열기가 몸을 휘감는 여름이면, 허전하면서도 막연한 기다림이 있던 그 언덕이 늘 그립습니다.

어릴 적 뛰놀던 곳으로 마음이 달려가면, 동산 지척咫尺에 조부모가 잠들어 계신, 그리고 지금은 어머니가 계신 산이 보입니다. 그 선산先山에 서면 바람의 언덕을 품은 동산이 한눈에 들어오지요. 그 동산을 내려다보며 제 발걸음을 기다리실, 어머니가 계신 선산이 눈에 선합니다. 한여름 잣나무 가지 사이로 솔향을 가득 머금은 바람이 스쳐 지났을 선산으로, 오늘 바람 따라 마음이 산을 오릅니다. 커다란 참나무 잎 하나가 가슴에 툭, 떨어집니다.

3

너
머
로

# 씨앗의 꿈

화창한 날입니다. 앞마당 화단을 들여다보니 진달래 나뭇가지에서 새순이 돋아나고, 화단 한구석의 흙에선 알 수 없는 싹이 파릇파릇 솟아오릅니다. 매서운 겨울을 이겨내고 봄의 여정에 나서는 새싹의 꿈입니다. 씨앗은 알 수 없는 긴 긴 시간 잠을 자거나, 무거운 한겨울을 큰 인내심으로 견뎌냈음이 틀림없습니다. 오늘 그 씨앗의 꿈을 따라가 보기로 합니다.

이름을 알 수 없는 씨앗. 씨앗은 지난 가을바람을 타고 어느 곳으로부터 날아와 이곳에 떨어졌을 것입니다. 어쩌면 동물의 털에 묻어와 이곳에 안착했을지도 모릅니다. 집에 머무는 몇 마리의 야생 고양이가 있으니까 말입니다. 경로가 어떻든, 고향을 떠나온 이유가 어떻든, 씨앗의 꿈은 분명합니다. 싹을 틔워 생존하고, 뿌리를 내려 번성하며, 꽃을 활짝 피우는 큰 나무가 되는 것입니다.

중요한 사실 한 가지를 떠올립니다. 씨앗은 에너지의 집약체라는 것이지요. 그 에너지로 말미암아 과일의 씨앗은 과수를 인간이나 동물에게 제공하고 새 터전에서 새로운 삶을 시작할 겁니다. 낯선 땅에 안착한 씨앗은 알맞은 햇볕과 온도 그리고 습도에 맞추어 발아할 것입니다. 물론 모든 씨앗이 다 발아에 성공하지는 못할 것입니다. 그러나 씨앗이 가진 에너지, 그 열정은 적당한 때를 만나고 조건을 갖추면 싹을 틔우고 꽃을 피우겠지요.

그런 점에서 씨앗의 열정은 우리 인간에게도 꿈을 갖게 합니다. 그런데 그 열정 외에 더 중요한 것이 있습니다. 열정만으로 안 되는 것은 우리 인간의 세계뿐만이 아니고 식물의 세계에도 적용되는 듯싶은데, 바로 때를 기다릴 줄 아는 지혜와 인내심이지요. 식물들은 날이 추워지면 큰 고난을 겪습니다. 그들은 한자리에서 고스란히 눈, 비를 맞고 혹한을 견뎌내야 하는 숙명을 지녔습니다. 사람의 손과 다리에 해당하는 가지가 그만 얼고, 운 나쁘면 뿌리도 얼게 되는 크나큰 위험에 처하게 됩니다. 춥다고 난방하거나 자리를 옮길 수도 없으니, 탈출구가 없는 난제에 직면케 됩니다. 그러면서 자연에 순응하는 순리를 깨닫게 되고, 인내심을 키우며 이겨낸다는 점에서 인간보다도 더 큰 미덕을 발휘하기도 합니다. 이런 위기를 이겨내면서 틔워내는 싹은 더욱 싱그럽고, 꽃은 만개해서 벌과 나비를 기쁘게 하고 사람을 즐겁게 합니다. 꽃이 꿀을 품었다면, 꽃의 만개는 곤충과 조류와 더불어 상생의 꿈을 피워낼 겁니다.

사실 하나의 알곡이나 과일이 싹을 틔워낼 가능성은 크지 않을지 모릅니다. 그러기에 민들레꽃은 수많은 홀씨를 바

**116**

람에 흩날리고, 산딸기 같은 열매는 향긋하고 달콤한 열매를 야생짐승에게 온전히 내맡깁니다. 그러는 가운데 열매들은 끝없이 꿈을 꾸면서 무한한 인내심으로 기회를 기다립니다. 자기중심적 인간세계에 그러한 꿈이 과연 있을까, 라는 물음을 던지게 됩니다.

그런데 다행히 긍정적 답을 찾을 수 있을 것 같습니다. 모두는 아니더라도, 비율이 높지 않더라도, 이 사회에 존재하는 수많은 봉사단체, 국내외 구호단체들의 존재는 그러한 꿈의 씨앗입니다. 그런 씨앗으로 인해 우리는 쑥밭이 된 전쟁의 폐허에서, 지진으로 인해 지옥으로 변한 카오스의 현장에서 다시 희망의 불씨를 피워 올리게 됩니다.

오늘 화단에 솟아오른 이름 모를 새싹은 씨앗의 꿈을 피워 올립니다. 햇살이 스미는 연분홍 진달래 새순은 주변을 이롭게 할 동반성장의 꿈을 이루어갈 것입니다. 때를 기다려 온 씨앗의 지혜, 그리고 숲을 이루고자 하는 씨앗의 열정은 겨울 동안 지친 제게도 희망을 주는 촉진제입니다. 올봄 화단이 풍성하고 생기 넘치는 공간이 되기를 기대하며, 물뿌리개에 물을 가득 담습니다. 작고 연약한 씨앗의 꿈을 위해 물뿌리개를 듭니다. 폐허가 된 우크라이나와 팔레스타인 전쟁터에, 그리고 삶이 초토화된 튀르키에와 시리아 지진 현장에도 씨앗의 꿈이 발화되고 점화되기를 소망하면서 말입니다.

# 어디로 가야 할까

밝은 세상이 오고 있습니다. 가공할 바이러스로 등장해 그토록 맹위를 떨치던 코로나의 위세도 수그러들고 있습니다. 햇볕도 증가하며 춥고 음습했던 겨울 날씨도 봄의 따스한 기운에 자리를 내줍니다. 자연 만물이 이제 본래의 자리로 돌아올 준비를 합니다.

다만, 한 가지 걱정은 커가고 있습니다. 장차 어디로 가야 하나, 라는 막연한 불안과 우려가 점점 커가는 것입니다. 특히 문화예술에 종사하는 분들의 불안이 현실화할 것 같습니다. 요즘 들리는 얘기로는 AI가 이미지를 합성해 놀라운 그림을 그려내고, 7시간 만에 책 한 권을 뚝딱 만들어낸다는 군요.

2018년 10월 뉴욕의 미술품 경매에서는 인공지능(AI)이 그린 초상화가 43만2000달러(약 6억 원)에 낙찰되었다고 합니다. 또 미국 항공우주국(NASA) 엔지니어였던 데이비드 홀츠가 개발한 AI 화가 '미드저니'는 2022년 7월 온라인 메신저 프로그램 '디스코드'를 통해 서비스를 시작했다고 합니다. 고객이 채팅창에 명령어와 함께 원하는 그림 키워드를

풍경, 오늘과 내일이 되다

입력하면 30초 만에 그림 4개를 그려주는데, 그중 마음에 드는 것을 골라 구도가 비슷한 그림을 더 만들거나 품질을 높일 수 있다고 합니다. 그러니 예술인들이 '어디로 가야 하나'라는 걱정을 할 때도 머지않은 것 같습니다.

몇 년 전 세기의 시선을 끌었던 이세돌 기사와 인공지능 알파고의 대결을 기억할 겁니다. 복잡한 여러 수를 상정하는 바둑대결을 앞두고 당시 사람들은 인간을 압도할 정도까지 인공지능이 발전하지는 않았을 거라고 했습니다. 그러나 대국에서 보듯, 바둑천재 이세돌 기사가 힘겹게 한판 승리를 얻음으로써 완패를 겨우 면했다는 사실에 많은 사람이 놀랄 수밖에 없었습니다. AI의 진화는 생각보다 빨랐던 거죠. 시간이 흐른 오늘날 AI는 더 급속도로 발전하고 있습니다.

최근 뉴스에 보도되는 챗GPT는 뛰어난 논술실력과 에세이 작성 능력을 갖췄다고 합니다. 과거의 분석형 AI로부터 요즘의 생성형 AI로의 변화가 일구어낸 성과라고 하는데, 이런 AI가 작성한 에세이가 리포트 제출에서 우수한 점수를 받고, 또 법학대학원 문제에서 웬만한 수험자가 낸 답안보다 더 뛰어난 답안을 작성했다고 하니, 이제 인간은 고유의 영역을 자꾸만 내어주면서 초라해지는 상황에 처하게 됐습니다. 상대적으로 기계가 개입할 여지가 없다는 감성, 상상력, 창의력에서도 이같이 생성형 AI의 왕성한 활동이 증가하다 보면, 정말 인간은 무얼 해야 할까 하는 두려운 생각이 듭니다.

걱정이 커가기는 하지만, 사실 인간은 이미 오래전부터 AI의 영향을 받아왔다고 하겠습니다. 컴퓨터의 도움에서부터 한발 더 나아가 세계적인 기관과 기업의 직원채용과 업무평가에서 AI는 이미 인간에게 영향을 끼치는 일들을 해왔고, 요즘 같은 경기불황기에 기업의 합병이나 해고에 AI가 관여한다는 얘기가 심심치 않게 나돌고 있습니다. 최근 다국적 기업 구글에서도 직원해고에 영혼 없는 알고리즘이 동원되었다는 말이 있어 구성원 일부가 동요하고 있다고 합니다. 인간에게서 감성을 전해 받지 못한 냉혹한 AI가 피도 눈물도 없이 인간을 평가하고 내치는 상황은 상상만 해도 당혹스럽기 그지없습니다.

과학, 기술의 발전은 경이롭고 놀랍습니다. 예전에 꿈을 꾸지도 못했던 일, 꿈으로만 상상하고 영화에서나 봤던 일들이 실제로 일어나면서, 문명은 인간에게 새롭고 편리한 세계를 선사하고 차원이 다른 확장된 세계를 안겨주었습니다. 그런데 문명의 뒤쪽에 초고도의 과학·기술이 점점 인간을 경쟁에서 압도하고 왜소하게 만드는 일이 진행되고 있습니다. 분석형 AI를 통해 자료를 통합하고 정보를 획득하던 시대에서, 앞으로 생성형 AI의 탁월한 활동을 통해 인간의 사고와 창의력을 송두리째 넘기고 주도권을 상실하게 된다면 그 결과는 참담할 것입니다. 사고와 창의력을 기계에 일임하고 빈통조림처럼 알맹이 없는 생명체의 존립이 인간의 일상이 된다면, 그것이야말로 디스토피아의 삶이 현실화하는 것이니

풍경, 오늘과 내일이 되다

까요. 인간을 위해 봉사하고 인간의 삶에 이바지하는 AI를 만들도록, 우리 인간도 부지런히 학습하고 디지털 문해력을 키워야만 할 것입니다.

이제, '어디로 가야 할까'라는 걱정을 하는 대신, 인간과 상생하는 AI의 진화를 진정으로 기대하고 꿈꿔볼 때입니다. 시험 삼아서 AI에게 에세이 한 편 써달라고 부탁해볼까 싶은 생각도 들지만, 저로서는 아직은 자존심이 허락지를 않는군요.

# 증명서를 발급합니다

필요한 서류를 발급받기 위해 주민센터를 향합니다. 출입구 옆에 자동 발급기가 있네요. 줄을 서는 대신 간편하게 신원인증을 한 뒤 해당 서류를 발급받을 수 있으니 참 좋습니다. 대면하지 않고도 기계가 척척 알아서 해주니 무척 편리한 시대입니다.

증명에 관해서는 아픈 기억이 있습니다. 지금도 어쩔 수 없이 지나가는 K 병원 '제 증명 창구'. 그곳엔 잊히지 않는 기억과 아픔이 스며있습니다. 하지만 그 공간은 오늘도 수많은 발걸음으로 인산인해입니다. 모친이 아플 때 몇 번의 수술을 하고, 수실을 할 때면 늘 동의서에 서명해야 하는 마음은 무겁기만 했습니다. 의료상의 절차지만 서명 자체가 무겁고 버겁게 다가오곤 했습니다.

서명하는 매 순간 머릿속은 하얘지고 마음은 착잡하기 일쑤였습니다. 그중에 가장 힘들었던 건 모친이 심정지로 갑작스레 세상을 떠나게 되었을 때 사망을 확인하는 '사망진단서'에 서명해야 한다는 것이었습니다. 그렇게 K 병원 '제 증명 창구'는 마음의 옹이로 삶의 한 부분에 자리합니다.

그런데 최근 또다시 마음을 짓눌러오는 뉴스가 있습니다. 얼마 전 우크라이나와 러시아 간의 전쟁이 발발한 지 수년이 되었다는군요. 폐허가 된 전쟁터에서, 그리고 생사가 갈리는 전장에서 보낸 몇 년의 시간은 얼마나 길었겠습니까. 스마트폰을 비롯한 첨단 문명을 누리던 21세기의 삶이, 한순간에 로켓이 날아들고 탄환이 살을 헤집는 지옥으로 변했으니, 그 정신적·심리적 충격이 얼마나 컸을지 가늠하기가 어렵습니다.

개전 초기 우크라이나의 '부차'에서는 수백 명이 집단학살을 당해 암매장되었다는 소식이 있었습니다. 우크라이나 지역민과 UN 인권 단체가 그 현장을 조사했고, 그 장면은 전 세계를 경악게 하고 분노케 했습니다. 수많은 사람이 증명서조차 없이 생을 마감한다는 사실 자체가 시대의 아이러니며 가슴 아프기만 합니다.

저는 개인적으로는 러시아 하면 역사적인 저력을 갖고 있다고 생각해왔습니다. 인고의 세월을 보낸 끈기와 역사의 소용돌이 속에서 온몸으로 그 고통을 감내한 저력 말입니다. 문학적으로는 톨스토이, 도스토옙스키, 솔제니친 등의 대문호들이 있고, 음악과 발레 등 예술에서도 품격이 있다고 생각해왔습니다. 그런데 이번 전쟁을 통해 그 나라에 대한 이미지가 산산이 조각났습니다. 21세기 제국주의적 야욕으로 주변국을 침략하고, 전쟁의 구실로서 이런저런 핑계를 대며 거짓말을 밥 먹듯 하고 있으니, 대국이라고 하기엔 너무나 한심하고 실망스럽기 그지없습니다.

수많은 생명을 앗아가고, 평온한 일상을 짓밟은 그 전쟁이 어떻게 종결될지는 모르겠습니다. 그렇지만 고귀한 생명을 빼앗고 안온한 삶을 망가뜨린 범죄에 대해서 누군가는 반드시 책임을 져야만 할 것입니다. 그리고 집단학살 등 무자비한 만행을 저지른 자는 나치 전범을 처벌했듯이 반드시 심판대에 세워서 죗값을 물어야 할 것입니다. 그리고 그들에게는 '전범'이라는 제 증명을 꼭 발행해주어야 합니다.

또한, 무고하게 생을 마감한 고귀한 영혼들을 위로할 방법이 있다면 꼭 시행해서 영혼을 위로해주어야겠습니다. 전쟁 여부를 떠나서, 우리 인간이 삶을 마감할 때 '천국행 증명서'가 있다면, 삶의 여정을 평가해 증명서를 발급해주어도 좋겠지요. 그리고 장차 AI가 각 사람을 평가해 천국 갈 척도를 가늠하는 서류를 발급해준다면, 많은 존재가 지금까지와는 다르게 앞으로의 삶을 개선하는 데 도움이 되지 않을까 싶습니다. 사람들이 좀 더 가치 있는 삶을 나누고자 할 테니까요.

주위를 둘러보면 우리는 사실 증명서 만능 시대에 살고 있고, 그런 가운데 삶을 영위하고 있습니다. 수많은 '자격증명서'가 그것을 보여줍니다. 증명서 만능의 시대에 삶을 평가하는 – 그래서 잘 살았다는 '좋은 삶 수행증명서', 그런 것이 있다면 천국, 지옥행 여부를 떠나서 좀 더 의미 있는 삶을 살지 않겠는가 하는 생각을 해봅니다.

# 버리고 거둬들이는 일

마당 한 곳을 책으로 가득 채웁니다. 책은 이내 넘쳐나서 대문 밖으로도 쌓입니다. 이런저런 일로 서재와 서고를 비우고 내친김에 짐을 이리저리 옮겨봅니다. 정리하면서 이런 것이 참 어렵다고 하는 생각을 하게 되는데요, 저의 경우에는 책 버리는 것과 옷 버리는 일이 쉽지 않게 느껴집니다.

슬슬 비우는 것을 시작할 때가 되지 않았나 싶어서 이번에 단단히 마음을 먹고 시작합니다. 옷에 관해서는 누구나 할 말이 많고 입장도 다를 것입니다. 돌아보니 저로서는 입지도 않을 옷을 그동안 꽤 껴안고 살아온 것 같습니다. 눈감고 과감히 쓸 것과 안 쓸 것을 신속히 판단하면서, 보자기 위해 내놓을 것을 쌓아 놓습니다. 내놓았다가 거두어들이는 옷이 몇 벌 있기는 하지만 큰맘 먹고 유행이 지난 옷과 크기가 맞지 않는 옷, 해지고 곰팡이 핀 옷을 차곡차곡 쌓습니다. 그렇게 쌓인 짐을 몇 번에 걸쳐 의류 수거함과 쓰레기장에 옮겨 처리했습니다.

다음은 책을 처리할 순서입니다. 책 또한 읽지도 않으면서 멋쩍게 책장에 진열해놓은 것, 보란 듯이 세트로 멋지게 꽂아 놓은 책들, (기념으로 남겨둔 것인지) 어릴 적 읽었던 위인전, 전집, 백과사전류, 그리고 더러 선물 받고 저자로부터 증정받은 책 등등 여러 책을 분류해서 마당에 내놓고, 다시 한 구석에 쌓으며 남겨서 가까이 두고 참고할 책으로 분류합니다.

어쩌다 이 많은 책과 옷을 껴안고 살게 된 것일까…. 아직 살아갈 날이 좀 된다면 우선 정리할 마음부터 굳히고, 마음을 비우고 물건을 치우는 것이 순서일 겁니다. 그래서 실행 첫날과 둘째 날 상당히 피곤할 정도로 작업을 했습니다. 무엇보다 책을 비우면서 어려운 것은, 아직도 "유용한 것 같은데 버려야 하나"라는 미련이 드는 순간입니다. 눈 딱 감고 내던져야 짐을 덜고 공간이 느는데 말입니다. 간혹 책을 내던지려다 몇 장 들춰보고 읽지도 않았던 책이어서 거두어들이기도 했습니다. 학식이 큰 분으로부터 물려받은 책 몇 권을 글 쓸 때 참고하기 위해 따로 보관하기도 합니다.

먼지가 살짝 묻은 한 권의 책이 나타났습니다. 언뜻 읽은 것 같기도 한데, 중간중간 들춰보고 이어 앞장을 열면서 내지에 적힌 글자를 읽습니다. 그 책은 김원룡 수필집,『하루하루와의 만남』이었습니다. 버릴 책이 무수한데 한 권의 에세이가 무슨 큰 의미가 있겠습니까만, 검정 사인펜으로 쓰인 차분한 글씨는 저의 대학 졸업 날에 동생처럼 친하게 지내던 후배가 적은 메모였습니다.

兄의 졸업을 진심으로 축하하며,
모든 일이 萬事亨通하기를
기원하면서….

198*년 2월 00일, 木

이 메모가 적힌 책은 한동안 손을 떠나지 않았습니다. 아, 그 오래전 후배가 졸업식 날에 지난 하루하루와의 만남을, 그리고 앞으로 다가올 하루하루와의 만남을 생각하며 책을 주었다는 생각을 떠올렸습니다. 그리고 책을 선물한 후배의 마음을 생각하며 책을 거두어들였습니다.

현충일을 보냈습니다. 6월. 어느덧 한 해의 반이 지나는 것을 생각하면 시간이 정말 빨리 갑니다. 『하루하루와의 만남』은 고고학계의 원로였던 고 김원룡 교수의 수필집입니다. 고고학을 업으로 하던 필자는, 고고학의 측면에서 보면 한 인간의 생이란 매우 짧은 것이 아니겠는가 하는 생각을 하지 않았을까요. 그래서인지 그는 "인생은 어차피 '허황한 단막극' 아니냐"는 말을 했습니다. 대문호인 셰익스피어 또한 인생이란 '세상 사는 동안의 짧은 연극'(All the world's a stage, and all the men and women are merely players.)이라고 표현했지요.

마음이 허한 차에 우연히 신문 한 면에서 '무산' 스님을 기리는 기사를 봅니다. 스님은 낙산사와 백담사를 일구고, 오갈 데 없는 문인들을 따뜻하게 맞아준 분이라고 하는데,

그 글을 쓴 필자는 무엇보다 '참회의 힘'을 알려준 시대의 스승이라고 소개했습니다. 스님은 "'이승의 삶은 모두 타향살이'이자 '하룻밤 객침'이다"고 했답니다. 그가 이승에서 그토록 사찰 중건과 발전에 힘쓴 공이 있음에도, 스님은 "누가 집 지은 사람을 기억하겠느냐"며, 중요한 것은 (한) 사람이 살아온 '진실한 발자취'라는 것을 강조했다고 합니다.

바람을 따라 구름이 흘러갑니다. 바람을 따라 시간이 흐르고 생각이 흐르고, 다시 바람이 흐르는 가운데 생각이 솟아납니다. 햇볕 뜨거운 것만큼이나 가슴에 뜨거운 것이 콸콸 솟아오릅니다. 전세 사기로 배를 불리고, "살인해보고 싶었다"라는 한 불우한 청춘의 고백을 듣는 시대에, '진실한 발자취'라는 말은 우리 사회의 어디쯤 자리하고 있을까. 그리고… 내던지려던 『하루하루와의 만남』을 오랫동안 손에 쥐고 한동안 우두커니 서 있다가 책을 거두어들입니다. 삶이 건성건성 떠가는 날들 가운데 다시 '하루하루와의 만남'을 생각해 봅니다.

풍경, 오늘과 내일이 되다

# 밥 짓기와 글짓기

밥 짓기와 글짓기는 여러 면에서 닮았다. 두 가지 모두 시간과 관심과 체중이 실리기 때문이다. 그런 점에서 밥 짓기와 글짓기를 제대로 할 수 있다면, 어느 정도 삶의 경지에 도달했다고 말할 수 있을 것 같은 생각이 든다.

푹푹 찌는 여름, 생각지도 않게 장작불로 지은 밥을 먹게 되었다. 한 동호회의 야외 행사에 참석하게 된 것이다. 코로나 19로 사회적 거리 두기와 대면 제한, 그리고 개인 방역 수칙 준수 등을 이행해야 했던 엄중한 시기를 지나 오랜만에 지인들을 보니 반가웠다. 게다가 장작불로 요리한 매운탕과 밥을 먹게 되었으니, 생각지 않은 호사를 누린 셈이다.

가마솥에 담겨 오랜 시간 뜸 들인 밥을 먹으니, 밥에 관한 내 형편없는 식감과 뒤늦은 관심이 교차했다. 사실 대학 때까지만 해도 '더운밥'과 '데운 밥'을 잘 구분하지 못했던 나로서는 먹거리에 대한 감각은 거의 빵점이나 다름없었다. 고교 시절은 대입 준비로 정신없었다 치더라도, 주변을 돌아볼 여유가 생기는 대학생 시절에도 새로 지어낸 밥과 데운 밥을 제대로 구분하지 못할 정도면 뭔가 문제는 있다고 볼 수 있다. 나 자신이 그런 식감을 인지하면서도 개선할 수 없었던 점이 오늘날까지도 여전히 의아할 뿐이다.

어쨌거나, 밥이란 삶을 지탱해주는 기본적 요소로서 영육으로 이루어진 인간존재의 반을 책임지는 자양분 아닌가. 모임에 간 날, 장작불 근처만 가도 땀이 비 오듯 흘러내리는데, 부뚜막에 달라붙어 밥 짓느라 고생한 사람들의 수고를 생각하면 더욱 고마운 마음을 갖게 된다. 잠시라도 한눈을 팔거나 딴생각을 하며 긴장을 늦춘다면 애써 지은 밥이 시커멓게 탈 판이다. 그러니 밥은 시간을 먹으며, 조리하는 사람의 땀과 정성으로 맛을 내는 완성품임이 틀림없다. 내로라 하는 맛집에서 지어 내놓는 보슬보슬한 밥을 수저로 뜰 때마다, 그 식당의 주방장이나 조리사의 체중이 실려있음을 보게 된다. 한 사람의 일생의 공력, 즉 밥을 지어온 오랜 시간의 경험과 노하우를 느끼게 되는 것이다.

완성체에 체중이 실린다는 점에서 글짓기도 마찬가지다. 밥 짓기에 시간과 경험과 비결이 담겨있듯이, 글짓기를 통해 글 쓰는 사람의 총체를 보게 된다. 필자의 사고력, 창의성, 논리력 등을 포괄한 필력을 보게 되는 것이다. 글 또한 시간이 필요하다는 점에서 밥 짓기와 다르지 않다. 비록 어떤 글은 아이디어가 떠오르는 순간부터 순식간에 글로 형상화하지만, 몇 날 며칠 보고 또 보면 밥을 뜸 들이듯 풍미 있는 글로 발전하기도 한다. 그러니 시간과 관심을 먹고 자란다는 점에서 밥과 글은 형제처럼 떼어 놓을 수 없는 관계다. (뭐,

**130**

그렇다면…. 이제부터라도 밥을 많이 먹고, 글을 써볼까 하는 생각도 든다).

한여름 장작불이 푸슬푸슬 피워올리는 연기가 글에 배어든다. 무쇠솥을 시뻘겋게 달구어 생쌀을 푹푹 찌어낸 열기가 생경한 내 생각을 온전히 익혀서 글로 형상화한다. 침샘을 자극하는 구수함을 조금 더 참아내는 밥 뜸의 시간이 글솥 위에 펼쳐진다. 경지에 오른 조리장이 지어낸 보슬보슬한 밥, 그런 밥 같은 글을 언제쯤 지어낼 수 있을까.

# 도시를 생각하다-춘천 1

도시는 얼굴을 갖는다. 도시는 그곳에 사는 사람의 얼굴을 닮으며, 그들의 마음을 보여준다. 자연을 가까이 하는 사람의 얼굴이 맑고 평온하듯이, 자연을 품은 도시는 평화롭고 안온하다.

산과 강이 어우러져 풍광이 아름다운 곳. 도시 외곽으로 크고 작은 산들이 병풍을 두르고, 아늑한 골 사이사이로 실개천이 흘러내려 수려한 강을 이루는 곳, 그곳은 바로 춘천이다. 춘천은 강원도의 수부 도시로서, 오염되지 않은 자연과 수려한 경관으로 인해 많은 관광객이 찾는 곳이다.

꿈을 안고 첫 직장 발령을 받은 아버지는, 막 발걸음을 뗀 나를 데리고 이 작은 도시로 들어오셨다. 생활의 터전을 잡아가는 과정이라 어린 시절은 상당한 추위와 가난이 지배했을 것이며, 도시는 분지의 지형이 주는 안온함과 배타성이 공존했을 것으로 짐작된다. 내 유년기의 60년대는 사회 전반에 결핍과 빈곤을 견뎌내는 인내심에 기초하여 잘살아보자는 의욕이 가득했고, 이데올로기에 기반한 엄중함과 냉랭함이 지배했던 시기였다.

기반을 다지기 위해 엄청 애를 쓰셨던 모친은 이곳저곳으로 이사를 감행했다. 거의 일 년에 한 번꼴로 월세와 전세를 전전했으니, 집 없는 설움과 고초는 얼마나 큰 것일지 세월이 지난 뒤 이해가 갔다. 그 덕분에 나는 서부시장이며, 중앙시장, 약사리 고개, 효자동 마을, 캠프페이지 지역을 오가며 생의 모자이크를 구성하게 되었다.

무엇보다 기억에 남는 것은, 어릴 적 춘천의 풍광이다. 긴 가지를 강바람에 휘날리는 수양버들이 소양강과 공지천 변을 따라 그림 같은 장면을 연출했다. 몇몇 길은 아름드리 포플러가 장관이었다. 중앙로를 따라 도청으로 올라가는 길에는 싱그런 포플러나무가 보기 좋게 정렬해 있었고, 가을이 되면 고동색을 머금은 널찍한 잎을 떨구며, 영화에 나오는 짙은 안개가 아침·저녁으로 도시에 스미는 비경을 보여주었다.

안개와 더불어 춘천을 특징짓는 한 요소가 물이다. 지명 춘천春川은 말 그대로 봄의 개천을 의미하기에 '봄내천'이라는 순우리말을 들을 때마다 포근하고 안온한 느낌이 들게 된다. 그러기에 춘천은 물길을 따라 비경을 간직한 곳이 많다. 북한강의 옛 이름인 신연강新淵江은 신연나루를 비롯해 곳곳에 남은 추억을 보듬는다. 물빛이 보랏빛으로 비쳐서 자양강紫陽江이라 불렸다는 화천에서 내려온 강줄기와, 인제에서 발원해 소양댐을 지나온 물줄기가 만나 새로운 강이 만들어졌다는 신연강은 북한강으로 내리흘러가 남한강을 만난다. 삼악산 협곡은 오래전 다산 정약용이 북한강을 거슬러 오르며 그 경관에 매료돼 문암門岩이라 칭했다는 역사적 기록이 남아있다.

도시를 생각할 때, '도시는 무엇을 닮는가', 그리고 '누구를 닮는가?'라는 질문을 던지게 된다. 이것에 대한 답 역시, "도시 또한, 인간의 마음을 닮는다. 인간의 마음을 담는다" 이다. 그러기에 도시의 모습은 그 도시에 사는 사람들의 얼굴을 보여준다고 할 수 있다. 어린 시절을 통해 회고한 춘천의 모습은 작고 아담하지만, 흐트러짐 없는 깨끗한 모습이었다. 그러기에 그곳에 머무는 사람들의 얼굴과 마음은 순수하고 안온했을 것이다. 사람의 얼굴은 그의 마음을 담고, 도시 또한 그 사람들의 마음을 담기 때문이다. 따라서 '한 도시가 얼마나 멋지고 아름다운가'는 앞으로 자본의 힘을 어떻게 긍정적으로 소화하고, 자본의 탐욕을 얼마만큼 통제할 수 있는지에 달려 있다고 본다.

한 일화가 생각난다. 오래전 전해 들은 한 노부부의 얘기다. 외국 생활을 오래 한 노부부가 은퇴 후 젊은 시절 낭만이 깃든 춘천을 떠올렸다. 교통이 한결 좋아져 ITX를 타고 춘천을 향하며 산천이 많이 달라진 것에 놀랐고, 춘천에 도착해서 또 한 번 매우 놀랐다고 한다. 부부는 자신들이 과연 춘천에 있는 것인지 어안이 벙벙해지도록 달라진 도시의 모습에 그만 넋을 놓았다고 한다. 드넓은 호수와 버드나무 가지가 바람에 휘날리던 수변 길, 아름드리 포플러가 가지를 드리웠던 가로수길은 오간 데 없고, 고층건물이 우뚝 솟고 수많은 간판을 이고 선 상점이 늘어선 그만그만한 도시에 선 자신들을 발견했다고 한다. 돌아가는 길에 그들은 아무 말 없이 기억 저편의 낭만을 한없이 보듬었다고 한다.

지난해 가을 소양강 변을 지날 기회가 있었다. 햇살을 가득 담은 강은 햇살에 찰랑거리며 영롱한 빛을 뿜어내고, 소양 3교 아래를 지나는 강물은 멀고 가까운 산을 배경으로 구름처럼 흐르고 있었다. 아치를 두른 소양 2교는 금빛 강물 위에 무지개처럼 서 있고, 찰나의 시간에 멈춰 선 나는 무無시간의 공동 속으로 빠져들었다. 춘천만이 줄 수 있는 비경 속으로 순식간에 빠져든 것이다.

소양강이 주는 각별한 느낌, 그것은 친근감이며 격 없는 편함이다. 메가시티 서울의 한강이 장대하고 도도하다면, 소양강은 보기에도 편안하며 산과 강이 잘 어우러진 친환경적 하천이다. 몇 걸음 옮기면 찬찬히 흐르는 강물 속으로 허벅지를 걷고 들어가 강 반대편으로 건너가고 싶은 강이다.

비 내리는 날의 소양강은 또 어떤가. 강변을 차로 달리다 보면 나를 향한 존재를 만난다. 희뿌연 안개는 마치 거인처럼 꿈틀꿈틀 일어나 도로로 다가온다. 돌풍이 몰고 온 비구름 속에서, 내가 안개를 쫓는 것인지, 안개가 나를 쫓는 것인지 알 수 없는 광경이 펼쳐진다. 달리는 차를 천천히 따라오며, 안개는 그 옛날 발걸음을 멈추게 하곤 했던 정훈희의 〈안개〉를 들려주었다. 그리고 그 밤, 나는 '칼 샌드버그(Carl Sandburg)'의 시 속에서 고양이가 되고, 안개가 되어 다시 돌아오곤 했다.

안개는 온다
작은 고양이 발로.
가만히 쪼그려 앉아
항구(港口)와 도시(都市)를
바라보곤
살며시 떠나간다.

The fog comes
on little cat feet.
It sits looking
over harbor and city
on silent haunches
and then moves on.

– 칼 샌드버그(Carl Sandburg), 「안개(Fog)」 전문

# 도시를 생각하다—춘천 2

도시가 존속하고 미래로 나가는 데 필요한 것은 무엇일까. 도시가 좋은 얼굴로 남기 위해서는 자본을 통제하는 힘, 지역의 확고하고도 장기적인 비전, 주민의 집단지성이 필요하다고 본다. 앞으로 춘천의 미래는 이것에 의해 결정될 것이다.

건물은 한번 들어서면 사람보다 더 장구한 세월을 버티고 존재한다. 사람 각자의 얼굴이 소중하듯, 우리 모두의 얼굴인 '도시 이미지'가 많은 사람에게 좋게 남기 위해서는 도시경관을 좀 더 진지하고 전문적으로 다루어가면 좋겠다. 무엇보다 행정적 측면에서, '도시경관 위원회' 정도를 넘어서 '도시경관' 전담부서를 따로 두어 전문인력을 배치하고, 해당 공무원들의 미적 감각과 미학적 능력을 제고 할 필요가 있다.

춘천의 경관은 과거와는 비교가 안 된다. 이 말은 최근 의암호 주변을 돌아보면 스카이라인이 얼마나 망가졌는지 알 수 있다는 얘기다. 혹자는 시대가 달라지고 모든 도시가 달라지는데, 춘천 도심에도 대형건물이 들어서고 자본의 유입으로 거리 풍경 또한 당연히 바뀌며, 그렇게 되어가는 것 또한 자연스러운 일이 아니겠냐고 물을 것이다. 그러나 춘천같이 산과 강이 조화를 이룬 청정 지역은 그 고유한 정체성을 잃지 않도록 개발하는 지혜가 필요할 것이다.

특히 춘천은 유려한 호수가 길게 펼쳐있고, 도시를 병풍처럼 둘러싸고 있는 산과 구릉이 조화를 이룬다. 핵심은 수려한 풍광을 조망하는 것은 춘천 시민 모두의 권리여야 한다는 점이다. 이는 거대한 탑으로 솟은 고층 빌딩 거주자 뿐만 아니라 지역민 모두가 자유롭게 자연을 조망할 권리를 갖는다는 것이다. 남녀노소, 빈부 귀천 상관없이 공공재公共財로서의 조망을 즐길 수 있어야 한다. 스카이뷰를 팔아 막대한 이익을 챙기는 자본의 탐욕을 지자체와 지역민이 더는 방치해서는 안 된다.

책임 있는 지자체장과 지자체라면 도시를 경제적으로 살찌우는 일뿐만 아니라, 도시를 미적으로 가꾸고 문화적으로 융성케 하는 일에 좀 더 적극적으로 나서야 한다. 개발 프로젝트와 연구보고서에서만 장밋빛 청사진을 남발하고, 도시길을 거대한 콘크리트 빌딩으로 막아놓고 나서 바람길이니, 숲길이니, 허울 좋은 수사를 남발하며 경관을 엉망으로 만들어 놓는 일이 반복되어서는 안 된다.

어릴 적 춘천 곳곳엔 아름드리나무가 늘어서서 여름엔 시원한 그늘을, 또 가을에는 낭만적인 정취를 느낄 수 있었다. 그런 풍광은 기억에만 남아있고 이제 춘천은 한여름엔 걸을 수 없는 한증막 도시다. 춘천에선 매년 봄이면 앙상한 나무의 가지를 잘라내기 바쁘다. 전선 정리 작업이 우선이고, 가로 정비가 우선이고, 행정편의가 우선이다. 이렇게 반복되는 일련의 과정에 '사람을 위한 배려'는 보이지 않는다. 폭염으로 도로엔 균열이 생기고 사람들은 가쁜 숨을 몰아쉬지만, 사막 같은 도심엔 쉴만한 그늘진 공간을 찾을 수 없다. 자연을 가장 가까이하고 있으면서도 자연으로부터 멀리 벗어나 있는 춘천 도심의 모습이다.

춘천의 특징, '춘천' 하면 떠오르는 것은 무엇인가? 솔직히 일부 먹을거리를 제외하곤 마땅하게 떠오르지 않는다. 예전엔 "작지만 아름다우며, 부족하지만 낭만이 있는 도시"였다. 하지만 지금은 고층 아파트가 불쑥불쑥 솟아올라 스카이라인을 잠식하고, 강변엔 성냥갑 같은 고층 주상복합건물이 들어서며, 산은 곳곳에서 잘리고 파헤쳐져서 난개발을 고스란히 보여주는 개성 없는 도시가 되어가고 있다. 한마디로 권력과 자본에 의해 잠식되어 가는 모습을 보게 돼 안타깝다.

도시개발의 장기적 비전, 공동체 발전에 대한 기대, 생태 환경적 고려가 보이지 않는다. 개발이익과 편리함, 자기중심주의, 행정편의, 커먼즈(공공성: commons)의 부재가 이 도시를 지배한다. 솔직히 춘천의 건축은 도시공학이나 예술, 미학적 측면의 어느 관점에서도 만족스럽지 않다. 오히려 기형적이고 무질서한 도시의 모습은 우려스럽기까지 하다.

특히, 최근 호수 주변에 들어선 주상복합 건물들은 탐욕의 얼굴을 잘 보여준다. 자본의 탐욕은 왜 해로운가? 단순하게는 스카이라인을 망치고 경관을 해치기 때문이지만, 궁극적으로 자연은 공공재의 성격을 갖기 때문이다. 데이빗 하비 (David Harvey)가 말한 것처럼, 호수 경관이나 조망, 오염되지 않은 자연과 보이지 않는 대기 등은 모두의 것이지, 일부 거주자만의 것이 아니기 때문이다.

지금 호수 주변에는 고층 주상빌딩이 우후죽순 생겨나고 있고, 전통이 오랜 학교 옆에는 수십 층 규모의 건물을 짓겠다는 거대자본의 탐욕이 서성거린다. 곳곳에 거대한 고층건물이 들어서는 것을 몸으로 막는 시민의 시위가 이어진다. 시민들이 이런 자본의 탐욕을 저지하고 통제하지 못한다면, 도시는 기형의 얼굴을 하게 될 것이다. 이런 살아있음이 없다면, 도시와 시민은 – 아름다운 도시를 만들 자격도, 권리도, 책임도 없는 것이다.

개인의 얼굴과는 달리, 도시의 얼굴은 그 모습을 쉽게 바꿀 수 없다. 더한 문제점은 일그러진 도시에 대해 그 누구도 책임지는 사람이 없다는 점이다. 건물은 한번 들어서면 인간 수명보다 훨씬 긴 장구한 세월 동안 존재하기에, 철거하거나 쉽게 바꿀 수 없는 물질이자 소유권이다. 그렇다면 도시가 이토록 기형이 되고 스카이라인이 망가질 때, 누구에게 책임을 물을 것인가.

강원도의 짐이 되어버린 알펜시아, 중도 난개발 등을 통해 지역민은 많은 경험과 교훈을 얻음 직하다. 더해서 춘천 시민이 심하게 상처받은 중도 난개발은 이해할 수 없는 처사이다. 경제적 불합리는 차치하고라도, 고유한 선사시대의 문화를 외국 자본의 발아래 무자비하게 내던지고, 수려한 자연을 소득으로 환치해서 어린이의 놀이터로 바꾼 것은 지자체와 지자체장, 개발 관련자들이 철저하게 반성해야 할 일이다. 이 일을 추진한 행정 관련자들과 거수기로 전락한 지방의회 의원은 부끄러워해야만 한다.

도시가 멋진 얼굴과 좋은 분위기를 갖기 위해서는 지자체장의 문화적 마인드가 매우 중요함을 알게 된다. 도시에 대한 이해와 장기적 비전, 좋은 옷을 입히는 미학적 감각이 도시를 살아있고 생동감 있게 만든다. 그곳에 사는 사람들에게 자부심을 주고 도시의 삶을 활기 있게 만든다. 아쉽게도 춘천의 경관이 심각하게 훼손되었지만, 아직 희망은 있다.

뒤늦게 춘천시는 9층 이상 건물을 지을 때 건축 심의를 강화하겠다고 나섰다. 이전의 파행에 대해서 어떻게 할지는 사실상 대안이 없다. 지난 일에 대한 책임을 묻는 것은 결과를 얻기가 쉽지 않고, 사실상 물을 수도 없을 것이다. 앞으로가 중요하다. 춘천은 아직 많은 자연자산을 안고 있다. 자연을 지키고, 본래의 정체성을 보존하는 것 – 그것은 결국 시민 모두의 책임으로 돌아온다. 시민뿐 아니라, 공공성을 담보한 시민의식의 확산, 지자체장의 책임 있고 분별 있는 개발 안목, 경관위원회뿐 아니라 이를 넘어선 경관 부서를 통한 경관 통제가 시행돼야 하고, 더불어 담당 공무원의 미적 감각을 키우기 위해 해외연수 등도 적극적으로 추진해야 한다.

문화도시는 말로, 구호로 하는 것이 아니며, 시민들이 공동체 의식을 바탕으로 살고 싶은 마을 – 사랑의 공동체를 만들어가는 것이다. 삭막한 도로를 끼고 사는 것을 반기는 사람은 없다. 자신의 집과 마을 곳곳을 싱그럽게 꾸미고 쾌적한 공공장소로 가꾸도록 함으로써, 공동체 마인드와 문화적 환경, 시민, 정서를 높이는 데서 문화도시는 싹 튼다. 마침 춘천 개발의 큰 그림으로서, 국가호수 정원(춘천호수 정원)을 추진한다고 하니 유럽식 정원, 영국식 정원을 띤 호수의 모습을 보게 되길 기대한다. 결코, 인공적이지 않으면서, 인간의 지혜가 깃들고 인문학적 상상력이 용해된 멋진 정원이 조성되길 기대한다.

고유의 모습을 잘 간직했다면 지금쯤 춘천은 전국적으로 그리고 전 세계적으로 아름다운 도시로 손꼽힐 것이다. 과거의 아름다운 모습을 잘 가꾸어 나갔다면 더욱 좋았을 것이다. 이것은 자연 친화적 도시로서 장기적으로 훨씬 도움이 되었을 것이다. 조금 늦은 감이 있지만, 이제부터라도 난개발을 막고 진정한 '사람 중심의 도시'가 만들어지길 기대한다. 새로 근무를 시작한 시장께서도 '다시 뛰는 춘천'을 표방하셨으니, 사막 같은 한여름에도 시민이 당당히 걸어 다닐 수 있는 도시를 만들어주시길 바란다. 가로수가 축축 늘어진 나무 밑 벤치에서 지친 보행자는 불어오는 바람을 맞으며 휴식을 취하고, 가을이면 계절이 깊어가고 자연이 순환하는 것을 감상할 수 있는 가로수 길이 만들어지면 좋겠다. 이반 일리치(Ivan Illich)의 말처럼 "행복은 자전거를 타고 온다"는 것을 실감할 수 있도록 자전거와 걷기만으로도 생활할 수 있는 도시가 되면 좋겠다.

안개의 도시하면 단연 춘천이었다. 가로수가 사람처럼 손을 벌리는 거리, 그리고 강변 안개가 영화처럼 다가오는 수변 길에서, 자신이 안개를 쫓는 것인지 – 안개가 자신을 쫓는 것인지 모를 환상 속을 걸어보는 것은 춘천에서만 가능하리라. 안개와의 이야기에 빠져 본 사람은 그 신비한 광경을 뇌리에서 지울 수 없을 것이다.

소양강 석양이 금빛 물결을 찰랑이며 산을 넘어가는 순간을, 잠든 도시가 서서히 깨어나듯 어둠 속에 하나·둘 등이 켜지는 광경을, 뱃머리가 신연나루로 향하는 탈도시의 고적함을 온전히 담고자 한다면 – 춘천에 오라! 그리고 그 순간을 만끽하라. 다산이 극찬한 절경, 문암門岩을 직접 경험하라. 그리고 춘천의 역사와 삶을 속속 들여다보라.

모두에게, 아직 춘천이 왜 춘천인가를 알게 하는 자산은 많다. 일상에서 너무 흔하고 귀한 것들의 속삭임 – 햇볕, 공기, 바람은 귀 기울여야만 보인다. 간과했던 많은 것을 잃었으나, 아직 더 많은 귀중한 것을 간직한 도시 – 그 귀한 얼굴을 이제부터라도 잘 가꾸어가는 것이 나와 너, 그리고 시민 모두의 소중한 일이 될 것이다.

# AI 시대의 글쓰기

AI 시대가 열렸다. 세계 곳곳에서 AI를 활용한 업무개선이 이루어지고 성과가 나온다. 아직 연구개발과 최종성과를 단정할 수는 없겠으나 그 무궁무진한 잠재력을 고려할 때 문명에의 기여는 기대할 만하다. 다만, AI 사용의 긍정적 · 부정적 측면에 관한 논쟁이나 윤리적, 도덕적, 법적 분쟁에 대해서는 해결해야 할 과제가 많아 보인다.

글을 쓰는 나로서도 생성형 AI인 챗GPT의 종착점이 어디일지, 또 그 잠재력은 어느 정도인지 예단키 어려우면서도 끝없이 관심을 두게 된다. 얼마 전 챗GPT를 활용해 몇 개의 문서를 정리해 보니 기대 이상이었다.

미국에서는 논술이나 에세이 작성, 심지어 법조문 관련 과제를 주었더니 챗GPT가 웬만한 사람이 하는 것 이상으로 해내는 것을 보고 많은 사람이 놀랐다고 한다. 문화, 예술 분야도 예외가 아니라서 AI를 활용하는 것에 대한 기대뿐 아니라 우려도 증가하고 있다. 장기적으로 AI는 분명 인간의 역량을 넘어서서 놀라운 작품 활동을 해가면서 문화, 예술 직군에서의 실직도 유발할 것이다.

얼마 전에는 AI가 하루 만에 책 한 권을 뚝딱 만들어 냈다는 얘기도 들렸다. 작가가 책 한 권을 쓰기 위해 많은 밤을 지새고 무수히 땀을 흘린다는 것을 생각한다면, AI는 작가를 무척 초라하게 만든다. 무엇보다 작가가 글을 쓰기 위해 사고력, 통찰력, 창의력 등을 오랜 기간 함양하고 훈련해 온점을 생각한다면, AI의 성과는 실로 대단하면서도 위협적일 수밖에 없다.

더군다나 특화된 AI 프로그램인 GPTs는 실행 명령어인 프롬프트(prompt)를 체계적으로 제시하는 만큼 매우 구체적이고 놀랄만한 성과를 내놓을 수 있다고 한다. 그러니 앞으로의 발전 또한 획기적일 것이라 생각한다. 현재 GPTs는 20달러를 내면 사용이 가능하다(물론, 운용에 확신이 생겨 상용화가 가능해진다면 비용은 상승할 것이다). 상상이 어느새 현실로 다가온 것이지만 지금 제조업 현장에선 로봇이 단순 작업을 쉼 없이 해나가고 있으며, 일부 공장과 실험실에서는 로봇이 사람 사이를 걸어 다니고 있다.

잠시 시간을 거슬러 과거의 기억으로 들어가 본다. 춘천은 안개의 도시였다. 특히 가을이면 짙은 안개가 사방에 스며들었다. 고교 시절 내내 자전거를 이용해 통학했던 나는 야간 자율학습을 끝내고 집으로 돌아오는 길에 자욱한 안개 속을 지나곤 했다. 옛 캠페이지 외곽 길을 지나 중앙로 차도에 들어서면 아름드리 포플러나무가 마치 팔을 벌린 거인처럼 안개 속에서 성큼 다가오곤 했다. 때론 섬뜩하면서도 안개 낀 도시의 장관이었다. 지금은 그런 안개조차도 사라졌지만, 21세기 첨단과학 시대를 살아가는 우리 인간은 어쩌면 전혀 다른 안개의 시대를 살아갈지도 모르겠다.

기대 반 우려 반으로 여러 질문을 하게 된다. 챗GPT가 고도로 발달하는 시대에 내 글은 살아남을 수 있을까, 기계와의 경쟁에서 이길 수 있을까, 그리고 작가들은 앞으로 어떤 길을 가게 될 것인가. 장차 인간의 논리와 사고 심지어 상상력과 창의력을 넘어서는 AI를 상대로 인간은 영혼을 내어주고 거래하거나 복종하게 되지는 않을까……. 그래서 AI를 바라보는 마음은 호기심에서 두려움으로 바뀌고, 이제 서서히 담담하게 변해간다.

가수 정훈희의 노래 '안개'를 들으면, "나 홀로 걸어가는 안개만이 자욱한 이 거리"로 시작하는 첫 소절이 자신도 모르게 입 밖으로 흘러나온다. 앞으로 몇 년 후의 일일지 모르겠지만, AI 시대에 글을 쓰다 밖으로 나왔을 때 짙은 안개 속에서 옆을 스쳐 가는 존재는 누구일지 궁금해진다. 사람일까, 아니면 사이보그(인간+기계)일까, 그도 아니라면 로봇일까. 미래의 어느 때에 안개 속에서 인간을 그리워하는 시대가 올지도 모르겠다. AI의 발전을 흥미롭게 지켜보며 긴장을 늦출 수 없다.

# 살아있는 글

"밖에 나가 부조리한 것을 마구 물어뜯고 싶어"라고 말할 때, 나는 내 글을 다독인다. 사나운 녀석의 목덜미를 잡아 주저앉히며, 머리를 쓰다듬고 다독인다. 글의 야성野性 때문이다. 야성이 살아있는 글. 글은 부딪혀 깨뜨리고 싶어 한다. 위선과 허구의 가면을 벗겨내고 싶어 한다.

글에는 야성이 있어야 한다. 그래야만 살아있는 글이 될 것이다. 체제에 아부하고, 권세에 길든, 순응하며 찬양하는 글에는 생명이 존재하지 않는다. 햇빛을 받아 흐드러지게 피어나는 듯하지만, 바람 부는 날 마침내 꽃잎을 다 떨구고 앙상한 가지만 남은 볼품없는 존재로 전락하는 것이다.

야성이 있는 글은 울고 싶어 한다. 소리치고 싶어 한다. "소리는 몸 밖으로 울려 퍼지지 않았다. 소리는 몸속에서만 울렸다. 짖어지지 않는 소리가 몸속에 가득 차서 부글부글 끓었다. 몸은 터지지 않는 화산과도 같았다. 나는 내 마음을 어찌할 수가 없었다." 김훈의 소설 『개』의 한 장면이다. 화자는 개의 눈을 통해 인간 세상을 바라보며 부조리를 기술하지만, 다른 한편으로는 따뜻하게 세상을 보듬는다.

주인공인 개 '보리'가 품고 싶어 하는 이상향은 '흰순이'다. 보리가 좋아하는 개 '흰순이'는, 말 그대로 흰 눈 같은 개다. 보리는 작은 마을에서 시행하는 광견병 접종을 위해 주인을 따라 보건소 마당에 들어선다. 그리고 그곳에서 전에한 번 느꼈던 비리고 역겨운 오줌 냄새를 맡는다. 징그럽도록 지린내를 풍기는 개, 그 개의 이름은 '악돌이'다. 아이들무리에 악동이 있다면, 그 개들의 세계엔 악돌이가 있다. 화자의 말처럼 그놈은 "덩치가 크고, 어깨가 딱 벌어지고, 입안이 시뻘겋고 뒷다리가 늘씬한 놈이었다." 영화의 한 장면에꼭 등장하는 악당에 비견되는 개다.

화자(김훈)는 개의 세계로 내려가 '보리'의 눈으로 세상을 자세히 관찰한다. 그놈은 "사람을 향해 짖을 때는 석유 배달부나 공사장 인부, 머리에 짐을 인 할머니, 손수레를 끌고가는 노점상처럼 옷차림이 허름하거나 힘이 없어 보이는 사람이 나타나면 어김없이 짖어댔다. 양복을 입고 넥타이를 맨사내들이나 말쑥하게 차려입고 핸드백을 든 여자들, 정복을입은 순경이나 군인이 지나갈 때 그놈은 짖지 않았다. 흰 가운을 입고 넥타이를 맨 수의사가 다가오자 그놈은 짖기를 멈추고 납작 엎드려서 꼬리를 흔들어가며 주사를 맞았다. 한심한 개라는 생각이 들었다." (김훈, 『개』, 165쪽)

봄, 들판에 푸릇푸릇 잔디가 솟구친다. 발걸음이 자꾸 밖으로 향한다. 옷을 주워 입고 문을 나서기로 한다. 발걸음보다 앞서서 생각은 나를 끌고 내달린다. 잠들지 않는 야성, 길

**148**

들지 않은 야성이 목줄을 잡은 내 손에서 자꾸 빠져나가려
한다. 빨간 목줄을 매고 산책을 나온 강아지가 지나고, 녀석
은 레깅스를 입은 건강한 몸매의 여성을 열심히 끌고 간다.
개가 사람을 끌고 가는 것인지, 사람이 개를 끌고 가는 것인
지 구분이 되지 않는다. 열정적인 사람과 동물 아닌가. "그
렇다, 남자건 여자건 열정이 있어야 매력 있는 것이고, 육체
건 정신이건 신성(神性, 살아있음)이 있어야 제대로 된 생명
체"라고 할 수 있지 않겠는가.

내일은 일요일. 하버드(영문학)와 뉴욕대(법학)를 졸업
하고 변호사를 했던 특이한 이력의 소유자 월리스 스티븐스
(Wallace Stevens)의 시가 떠오른다. 그는 예리한 눈으로 인
간 심리를 관찰하고, 한 여인의 내면을 진솔하고 섬세하게
묘사한다. 인간의 욕구는 끝이 없는 법. 죽음을 맞이할 때까
지 인간은 욕망하고 꿈꾸는 존재일 수밖에 없을 테니.

Sunday Morning

Divinity must live within herself:
Passions of rain, or moods in falling snow;
Grievings in loneliness, or unsubdued
Elations when the forest blooms; gusty
Emotions on wet roads on autumn nights;
All pleasures and all pains, remembering
The bough of summer and the winter branch.
These are the measures destined for her soul.

일요일 아침

신성은 그녀 속에 살아있는 것 같았다
눈 내리는 정취, 쏟아지는 빗줄기와
고독한 슬픔과 그윽한 숲에서의 억누를 수 없는 환희(歡喜)
가을 축축한 밤길 위에서 느끼는 격렬한 감정,
여름 무성한 가지와 겨울 앙상한 가지를 떠올리며 느끼는
그 모든 즐거움과 아픔들
이러한 것들이 그녀의 영혼을 반영하고 있었다.

－월리스 스티븐스(Wallace Stevens), '일요일 아침'

길들지 않는, 야성이 살아있는 글을 끌고 나와서… 나는 걷잡을 수 없이 내달리려는 녀석을 가까스로 잡고 있다. 고요한 일요일 아침엔, 신께 야성이 잠들지 않는 내 글을 다스려주시길 기도해볼까 한다.

# 잊히지 않는 강의와 글쓰기

깊은 잠에 빠져들고 있었다. 대학은 방학에 들고, 젊은 청춘은 어디론가 사라져 보이지 않는다. 눈꺼풀이 축 처진 채 의식은 감각 없이 꿈속을 배회하는데…. 수업 종료를 알리는 벨과 함께 교수님의 말소리가 들렸다. 어디선가 들은 그 목소리, 시간의 강을 거슬러 아득하고 희미하게 들리고 있었다.

## 잊히지 않는 강의

한 해가 지나면서 그동안의 자료와 기록과 글을 저장해 놓기로 한다. 문서는 대부분 한글 파일로 작성해서 USB에 보관한다. 지난 자료를 다시 정리할 겸 살펴보다가 오래전 준비했던 강의 노트를 발견했다. 한때 '영문학 개관'과 '미국 문학사' 등을 진행했으나, 새로이 문화 쪽으로 강의해보고 싶어 준비하던 과목이었다. 이런저런 사정으로 끝내 해당 과목 강의가 불발되었으니, 결과적으로 강의 노트만 덩그러니 남은 셈이다. 결국, 미완의 강의로 남게 되었다.

문화론을 전공한 것이 아니니 조금 과한 욕심을 낸 것일 수도 있고, 아니면 관심의 폭을 확대해서 문화론까지 나아간 것일 수도 있다. '문화'란 광의廣義로 해석할 때 '우리의 삶에 관련된 모든 것을 아우르는 것'이라고 생각하기 때문이다. 그 무렵 학문에 대한 나의 관점은, "학문이란 자기 스스로 탐구하는 자율적 활동"이란 생각이 뚜렷했다. 그래서 담당했던 과목뿐 아니라 새로이 준비했던 문화론이나 문화비평도 여러 책을 탐독하고 연구하면서 준비했던 과목이었다. 그래서 지금도 소쉬르, 레비 스트로스, 롤랑 바르트며, 푸코와 라깡, 알튀세 등의 이름을 보면서 눈이 커진다. 또한 프레드릭 제임슨과 앤디 워홀 등의 친숙한 이름을 되뇌고, 리오타르와 '시뮤라시옹'을 주창한 보드리야르, 그리고 아도르노와 벤야민의 이름을 접하면서 반갑기 그지없다.

수업 관련해서 오래전 대학 시절의 은사 한 분을 떠올린다. 영문학계에선 이름이 익히 알려진 분이었는데, 나의 대학 생활과 내적 방황이 병행되던 시절 교수님 강의를 신청해서 두어 번 듣게 되었다. 어느 학기인가 혜성처럼 나타난 장왕록 교수님은 그저 평범한 모습으로, 세상사의 고뇌 하나 없는 평온한 얼굴로, 나긋나긋한 목소리로 우리에게 다가오셨다. 세상에 아무 일도 없듯, 동네의 일상에 평범한 발걸음을 더하듯, 그 명성과 대조되는 조용한 행보였다. 어떤 야망도, 무게도, 위엄도 느껴지지 않는, 잔잔한 호수 위를 지나가는 미풍 같은 모습. 지금 돌아봐도 "참지식인은 그런 것 아닐까" 하는 생각이 든다. 세상에 발을 뻗치고자 하는 폴리페서(polifessor)들이 꽤 많았었기에, 그 모습이 얼마나 단단하고 고귀하며, 또 소중한 것인가는 많은 시간이 흐른 오늘날에도 한결같게 느껴진다. 희미한 기억이지만 나는 교수님이 그 학기에 펼치는 포우의 〈황금충(Golden Bug)〉 내지는, 헨리 제임스의 〈황금잔(Golden Bowl)〉을 수강하고 있었을 것이다.

당시의 상황은 거리로 나오면 최루탄이 난무하고 검은 옷을 입은 전투경찰들이 수시로 거리를 활보하던 시절이었으니, 현실과 소설의 세계는 그야말로 천지차이가 날 수밖에 없었다. 몸은 강의실 의자에 앉아있으나, 어수선한 시국 탓도 있겠지만 일천한 지식을 갖춘 학생으로선 아무리 명강의라도 그 내용을 쉽게 머리에 담을 수 없었다. 그런데도 교수님은 나를 깊이, 아주 깊이, 상상의 세계 저편으로 끌고 가셨다. 강의 종료를 알리는 종이 울린 후에도 나는 그 깊은 세계에서 쉽사리 빠져나올 수 없었다. 한동안 정신이 마비된 듯 꼼짝 못 하고 있다가, 여기저기서 의자가 삐걱거리고 수강생들이 한, 두 명씩 빠져나가면서야 의식이 현실로 돌아오곤 했다. 교수님은 어떻게 현실과 상상의 세계를 그렇게 자유로이 넘나들 수 있을까, 하는 의문이 들었다. 그 넘나듦은 지식이 짧고 학문적 소양이 부족했던 내겐 학기 내내 신비롭고도 피해 갈 수 없는 고통이었다.

민주화 요구가 한창이던 그해 나는 입대를 했다. 혹독한 기본 군사훈련을 마치고 임관한 뒤 특기 교육을 이어가면서, 올림픽과 민주화의 열기는 내게서 아득히 멀어져 갔다. 돌아보면, 몇 달간의 육체적·정신적 고립은 인간을 저 멀리 외딴 세계로 인도하기에 충분한 것 같다. 그 뜨거운 여름을 보내고, 이후 배치된 기지에서 혹한의 겨울을 보내고 난 뒤 모교를 찾았을 때, 얼핏 누군가로부터 교수님의 소식을 듣게 되었다. 교수님이 해안에서의 사고로 유명을 달리하셨다는 얘기였다. 안타까움이 컸다. 그 안타까움은 긴 시간이 지나 다시 그분의 딸에게로 이어진다. 바로 서강대에서 강의하셨던 장영희 교수다. 그분과는 일면식도 없으나 그녀의 에세이 〈영문학 산책〉을 읽으면서 나는 그분이 안고 있는 따뜻한 마음을 읽을 수 있었다.

그 책이 특별히 기억에 남는 이유는, 그때쯤 아는 교수님으로부터 국제교육원 강좌를 의뢰받으면서 구상했던 과목의 콘텐츠가 '문학 산책'이라는 큰 주제에 부합했기 때문이다. 우연하기도 하거니와 호기심이 부쩍 발동해서 책을 사 읽으면서 장영희 교수의 깊은 식견과 마음의 지평을 탐색할 수 있었다. 더불어 장왕록 교수님이 각별하게 애정을 보이셨다는 장영희 교수의 사연이 봄눈처럼 애잔하게 가슴에 녹아났다.

사람은 언젠가는 이 세상을 떠나도, 두 부녀의 사연은 내게 그렇게 남아있다. 세월이 흘러 그때 교수님이 강의하셨던 작가와 작품을 돌아보면서, 어떻게 하면 교수님이 하셨던 '그런 강의'를 할 수 있을까는 내게 늘 고민거리가 되었다. 만일 교수님 강의를 대학원 시절에만 들었어도 나는 그 비법을 매우 철저히 파악했을 것이다. 그리고 답습하고자 무진 노력했을 것이다. 너무 오래전 일이고, 너무 철없던 시절이라 교수님의 놀라운 강의는 어렴풋이 그 느낌만이 기억에 남아있을

뿐이다. 그래서 그 강의는 잊히지 않는 강의로 기억된다.

## 잊히지 않을 글쓰기

강산이 조금씩 변하듯, 나의 관심 영역도 조금은 궤를 달리하게 되었다. 관심의 범주에서 꽤 벗어나 있던 한국소설과 시, 그리고 수필도 짬짬이 읽으면서, 그동안 한쪽으로 기운 문학편력을 절감하게 되었다. 그 후 뒤늦게 시작한 글쓰기를 핑계 삼아 미치너, 하루키 등의 작품이 책상을 점하고, 이후 레이먼드 챈들러나 레이먼드 카버의 단편들도 다시금 보게 된다.

관심이 강의에서 글쓰기로 옮겨간 시점에서, 어떻게 독자를 끌고 다른 세계로 들어갈 수 있을까, 하는 질문을 스스로 하게 된다. 눈이 푹푹 내리는 날, 흰 당나귀를 타고 떠나듯 나도 그 누군가를 그렇게 따스하고 깊은 세계로 끌고 갈 수 있을까, 하는 의구심이 문밖에 서성인다. 그 오래전 읽었던 야스나리의 '설국'을 회상하면서, 눈이 첩첩 쌓인 설국으로 어떻게 빠져들 수 있을까를 고민해본다.

그리고 나니 제임스 벨(James S Bell)이 하는 말, "걱정하게 될 것을 걱정하지 마라"는 말이 스쳐 가기도 한다. 그 말을 위안 삼아 힘을 내기로 한다. 말복을 보낸다. 우선 자신을 좀 먹이기로 한다. 닭에게는 잔인한 칠월과 팔월. 다소의 미안함을 뒤로하고 중단된 마음의 밭을 갈 때다. 무더위에 몸이 힘들어도 생각은 이어져야 하지 않겠는가. 그동안 잊었던 윌리엄 사로얀(William Saroyan)이 웃으며 다가와 말한다. "진짜 작가는 결코 글쓰기를 멈추지 않는 반항아다."

# 그 많던 석공은 어디로 갔을까

햇빛이 길게 눕는 시간. 가을볕은 짧기도 하거니와 고단한 몸을 일찍 산등성에 기댄다. 가을은 종종걸음으로 길을 재촉하고, 겨울로 향하는 산천의 형상은 더욱 뚜렷하다.

겨울에 마음껏 해보고 싶은 일 몇 가지를 떠올린다. 뭐니 뭐니 해도 먹는 것이라면 누구에게나 환영받을 일. 몇 해 전 겨울 횡성군 안흥면을 지난 적이 있다. 창에 김이 서린 찐빵집에 들르지 못하고 그만 지나치게 되었다. 아쉬운 마음을 부여잡고 다음번엔 꼭 들리겠다고 다짐했다. 오늘같이 함박눈이 펑펑 쏟아지는 날에, 창밖을 보며 김이 모락모락 오르는 찐빵을 먹는 장면을 그려본다. 팥소가 듬뿍 담긴 찐빵을 두 손으로 헤벌리며 정신없이 먹는 모습은 상상만 해도 즐겁다. 물론 질리지 않고 실컷 뜯어먹을 빵. 안흥찐빵이라면 두 말없이 제격일 것이다.

다음으로 떠올리는 것은, 커다란 책상 위에 책을 잔뜩 쌓아 놓고 이책 저책을 뒤적이는 장면이다. 세상사에 관련한 어떠한 연락도 받지 않고 책더미에 파묻혀서 이런저런 생각을 해보는 것. 춥거나 눈이 와서 바깥에 나가기 싫거나 나갈 수 없을 때, 책을 만지면 마음이 푸근해지는 것은 나만의 느낌일까. 책을 읽는 장소는 개인 서재여도 좋고, 공공도서관이어도 괜찮을 것이다. 차 한 모금을 머금고 주변을 아랑곳하지 않으며 책을 읽을 수 있는 것이 서재에서의 독서라면, 여러 신간 도서와 시리즈 간행물을 둘러보며 마음에 드는 책을 고르고 대출해 갈 수 있는 것이 도서관을 이용할 때의 좋은 점이다. 게다가 요즘은 휴게시설이 대체로 잘 돼 있으니 지인을 만나 반갑게 커피 한 잔의 여유를 가져도 좋을 것이다.

겨울에 할 마지막 일로는 차분하게 수치를 계산해가며 실생활에 쓸 목제가구를 만드는 일을 꼽을 수 있다. 책장이며, 입식 옷걸이, 화분 받침대, 옷 수납장 등이 포함된다. 작은 목공품을 만들다 보니 이런 수고스러운 작업에 창조의 기쁨이 깃든다는 것을 알게 됐다. 멋진 외제 차나 화려한 옷을 구매하여 이용하는 사람에게는 그 나름의 즐거움이 있겠지만, 번거롭더라도 땀 흘리는 투박한 일에 동반하는 창조적 즐거움과 내재하는 행복이 있다는 점 또한 내게는 새로운 발견이다. 몸이 바깥에 나가지 않고 한 곳에 있더라도, 할 수 있는 자신만의 일을 발견하는 것은 그런 까닭에 매우 의미가 있다고 생각한다.

얼마 전 우연히도 시골 생활을 다룬 재미있는 책과 조우遭遇했다. 시골 공동체가 필요로 하는 것은 "돈보다는 기술"이라는 내용을 담고 있었다. 책에는 화덕, 소형수력발전기,

석축 쌓기 등 전원생활에 필요한 여러 정보와 경험이 담겨 있었다. 책의 내용 중 가장 눈길을 끄는 것은 석축 쌓기였다. 그래서인지 책을 읽으며 드는 생각은 "그 많던 석공은 어디로 갔을까?" 하는 의문이었다. 근대 이후로는 콘크리트의 전성기가 틀림없으나, 시멘트가 대량 보급되기 이전 석축(축대)이나 돌담 등은 주변에서 쉽게 볼 수 있는 것들이었다. 이 책을 통해 알게 된 사실은 석축 쌓는 일에 내재한 공동체 의식과 협동심이었다.

돌담은 아무렇게나 쌓는다고 되는 것이 아니었다. 한 마을에서 석축을 쌓을 때면 먼저 좋은 날을 잡아야만 했다. 좋은 날이란, 날씨가 좋은 것뿐만 아니라 동네 사람들이 모일 수 있는 날을 의미한다. 석축은 한·두 사람의 힘으로만 할 수 있는 것이 아니어서 마을 사람 다수가 모여 힘을 보태고, 리더십을 갖춘 촌장이나 이장을 중심으로 경험과 기술을 갖춘 장인들의 지도와 조언이 필요했다. 즉 이 일에는 협동심과 구심력이 절대 필요했다. 구심력은 공동체를 지탱하는 요인이기도 하지만, 기술적으로는 돌무더기가 무너지지 않도록 당겨주는 중심축을 의미한다. 돌 하나하나가 바깥으로 흘러나가지 않고 안쪽 하부를 지향하도록 하는 중심선이 있어야 한다.

동네 사람 중에는 전문적 꾼(석공)이 꽤 있었을 것이다. 그들은 자신의 농사나 직업에 종사하지만, 이 마을 저 마을에서 석축을 쌓은 일에 불려가거나 초청을 받았을 것이다.

공동체의 일이기에 돈을 받기보다는 자발적으로 땀을 흘리고 그 대가로 시원한 막걸리 한 사발을 대접받았을 것이다. 그러기에 시골에서의 일은 돈보다는 기술이 더 유용하였고, 상부상조와 호혜의 미덕이 자리 잡았을 것이다. 공동체의 일은 동네 주민들의 모임을 통해 해결했고, 이를 통해 공동체 의식이 싹트고 두터워지는 과정을 거쳤을 것이다.

오늘날 우리 주변 어디에서도 주민이 함께 모여 석축을 쌓는 모습을 볼 수 없다. 석축을 쌓는 곳에는 한·두 대의 포크레인 기사가 적절한 임금을 받고 말없이 장비를 움직이고 있다. 그리운 풍경이 되어 버린 석축 작업. 석공의 사라짐은 공동체의 와해로 이어진다. 이러한 예에서 우리는 공동체의 와해 요인을 찾아볼 수 있다. 물질과 자본을 추구하는 흐름은 삶의 가치, 공동체 가치와는 거리가 멀기 때문이다. 아파트 숲에 갇혀 자신만의 튼튼한 울타리를 둘러치고 곳곳에 CCTV를 설치한 도심에서 현대인은 연대보다는 고립을, 공동체보다는 개인의 안위를 구축할 수밖에 없지 않겠는가. 이런 속성을 파악하는 것은 다른 한편으로 지방소멸에 대응하고 구도심 재생의 실마리가 될 수도 있을 것이다.

핵심은 '공동체 복원'이 아닐까. 공동체의 가치를 인식하고, 공동체에 관한 관심을 함양할 때 지속 가능한 도시발전이 가능할 것이다. 옛 공동체 건설에 있어 주역이면서 말없이 헌신했던 석공은 어디에 있을까. 그 많던 석공들은 어디로 갔을까. 비·바람에 돌마저도 깎여 나가는 세월의 비정함 속에 유한한 생명을 지닌 인간이 영속할 수 있겠는가. 시인 (로빈슨 제퍼스)은 석공에게 경외심을 보이며, 시간의 장구함과 억겁의 세월을 견디는 바위를 바라보지만, 무심한 세월 속에 영원한 것이 있겠는가.

석공에게

대리석에 시간을 새기며 싸우는
패배가 예정된 망각의 도전자인 석공들은
냉소를 먹는다. 바위는 갈라지고,
장고의 세월을 견디어 빛바랜 글자는 부서져 내리며
빗물에 닳는다는 것을 알기에.


To the Stone-Cutters

Stone-cutters fighting time with marble, you
foredefeated
Challengers of oblivion
Eat cynical earnings, knowing rocks splits, records fall
down,
The square-limbed Roman letters
Scale in the thaws, wear in the rain.

−로빈슨 제퍼스(Robinson Jeffers), '석공에게' 부분

**금강산 천 길 낭떠러지에 새겨진 글자를 보았다. 단풍 위**

로 거대하게 드러난 붉은 글씨. 천 길 낭떠러지에 목숨을 걸고, 마음에도 없던 글자를 새겨야 했던 석공을 떠올렸다. 세월은 흐르고 그 글자를 새기던 석공은 사라지고, 독재자도 사라져갔다. 하지만 짧은 순간 분단의 벽을 넘어서 그처럼 활활 타오르던 불씨가 하루아침에 사그라들고, 남북을 잇던 다리가 그리 허망하게 끊기리라고는 생각하지 못했다. 잠시 발을 들여놓았던 북한 땅은 두 번 다시 발 디딜 수 없는 공간이 되고 말았다.

다시 생각해 보면, 남과 북은 하나의 큰 공동체였다. 함께 만들고 연연히 이어가던 한겨레 공동체는 제각각으로 존속하게 되었다. 갈라진 두 쪽으로부터 하나의 공동체로의 복원은 이제 영영 불가능해진 것일까. 석공은 사라지고 질문은 이어진다.

집 주변과 동네에 보이던 석공들은 대체 어디로 갔을까 –

그들이 생각나는 날, 남과 북을 오가며 대한민국의 담과 울타리를 함께 쌓는 일은 우리에게 언제쯤 가능할까 –

우리의 다음 세대는 그 일을 하게 될까 –

# 세 개의 점 잇기(Connecting three dots)

한 해가 저무는 지점은 저녁노을이 한순간 머물 듯 짧기만 합니다. 벌써 '일 년이 가는구나!', '시간이 정말 빠르네'라고 자조하며 멈출 수 없는 시간에 대한 상념에 빠집니다. 그 상념과 더불어 제겐 꼭 떠오르는 사람이 있습니다. 바로 스티브 잡스(Steve Jobs)입니다.

우리가 사는 세상은 점, 선, 면으로 구성된 3차원의 세계입니다. 그런데 애플사의 창업자이며, IT계의 아이콘인 스티브 잡스(Steve Jobs)는 자신의 일생을 '세 개의 점을 잇는 것'으로 표현하였습니다.

잡스는 2005년 스탠퍼드 대학교 졸업식에서 행한 연설에서 그 감회를 다음과 같이 말했습니다. "사실 나는 대학을 졸업하지 못했습니다. 지금이 내가 졸업식에 가장 가까이 있는 것이지요. 오늘 나는 여러분께 내 인생의 세 가지 이야기를 들려주려고 합니다." 이 이야기가 바로 그 유명하고 감동적인 잡스의 세 개의 점입니다.

잡스는 1955년 캘리포니아주 샌프란시스코에서 태어났습니다. 그의 삶은 태어나면서부터 입양되기까지 많은 우여

**162**

곡절을 겪었습니다. 잡스의 태생에 관한 이야기를 읽으며, 저는 잡스가 자신의 어렵고 어두운 과거를 당당하게 드러내는 데서 그의 위대함을 봅니다. 보통 사람이라면 자신의 치부를 드러내는 것에 커다란 수치심과 거부감을 느끼고 있습니다. 저는 잡스가 그러한 용기를 가졌다는 것이 후에 큰일을 할 수 있는 정신으로 이어졌다고 봅니다.

잡스의 생모는 결혼하지 않은 대학생이었습니다. 그래서 그녀는 잡스를 입양 보내기로 하면서 꼭 대학 졸업자를 원했고, 한 변호사 부부에게로 입양되도록 일은 순조롭게 진행되었습니다. 그런데 잡스가 태어나던 날, 그 부부는 사내아이임을 알고 입양을 포기합니다. 그래서 입양 대기자로 있던 다른 부모가 한밤중에 전화를 받고 잡스를 데려가게 되는데, 새 입양인은 각각 고등학교와 대학을 졸업하지 않은 남녀였습니다. 잡스의 생모는 3개월을 지체하며 마지막 입양 서류에 서명할 때까지, 후에 잡스를 대학에 보내겠다는 약속을 받아냅니다. 이것이 잡스의 생의 시작이며, 그의 첫 번째 이야기입니다.

스탠퍼드 졸업식에서 잡스는 삶의 두 번째 이야기를 전합니다. 이것은 '사랑과 상실(love and loss)'에 관한 얘기입니다. 앞에 얘기한 것처럼 잡스는 우여곡절 끝에 대학에 들어갑니다. 하지만 그가 선택한 대학은 스탠퍼드처럼 유명하지도 않으면서 학비는 엄청 비싸서, 노동자인 부친의 수입 전부를 잠식하고 있었습니다. 잡스는 대학생활을 통한 비전을 발견할 수 없었고, 결국 6개월 만에 학업을 중단하고 청강생으로 대학을 전전하게 됩니다.

그 후 친구 집 거실에서 쪽잠을 자면서 콜라 캔을 수거하는 5센트 돈으로 음식을 사 먹으며, 일요일에는 무료 급식을 받기 위해 마을을 가로질러 7마일(11.3km)을 걸어 성당에 가곤 했습니다. 그렇지만 비전 없던 대학 생활을 중단하기로 한 결정이 옳다고 믿으며 두려움을 극복한 그때의 결정이, 훗날 돌아볼 때 가장 잘한 일이었다고 그는 회고합니다. 비싼 등록금을 내며 원치 않는 수업을 받는 대신, 청강생으로서 흥미가 있던 캘리그래피(서예, calligraphy) 수업을 들었던 것이 훗날 그의 커다란 자산이 되었으니까요.

잡스는 스무 살에 친구 워즈니악(Steve Wozniak)과 함께 부모님의 차고에서 애플을 창업합니다. 그리고 두 명으로 시작한 이 작은 회사는 나중에 4,000명의 직원을 둔 거대 기업으로 성장하며 매킨토시를 출시합니다. 그런데 그런 자신의 회사에서 쫓겨나는 웃지 못할 사태를 맞게 됩니다. 그의 전 인생을 건 회사에서 경영 비전을 달리한 이사들에 의해 해임된 것입니다. 그에게 일생일대의 위기이며 절망을 안겨준 참혹한 일이었습니다. 그러나 자신이 좋아하는 일에 최선을 다해 열정을 쏟은 잡스는 더 강해져서 픽사를 성공시키고, 재기에 성공하여 그를 내몰았던 애플사의 CEO로 복귀합니다.

잡스의 세 번째 이야기는 죽음에 관한 것입니다. 그는 17살 때 "오늘이 마지막 날인 것처럼 매일을 산다면, 마침내는 분명히 성공하게 될 것이다. (If you live each day as if it was your last, someday you'll most certainly be right)"라는 글을 접했다고 합니다. 이후 그는 매일 아침 거울 앞에서 "오늘이 마지막 날이라면, 나는 오늘 하려는 일을 정말 후회 없이 할 것인가(If today were the last day of my life, would I want to do what I am about to do today?)"라고 질문을 했다고 합니다.

전 세계 많은 이들이 잡스가 신제품을 출시할 때마다 청바지에 티를 입고 나와 직접 제품을 소개하던 잡스의 모습을 기억할 것입니다. 그러한 그의 모습은 '변화와 혁신'의 아이콘으로 세계인의 뇌리에 깊이 각인되었습니다. 그런 어느 순간에 무척이나 수척해진 잡스의 모습을 TV에서 보게 되었습니다. 그것은 잡스의 마지막 발표일뿐만 아니라, 그가 생과 사의 경계에서 고투하던 지친모습이었습니다. 일반인이라면 아마 무대에 서기를 꺼릴 뿐만 아니라, 자신의 병든 모습을 보이려 하지 않았을 것입니다.

잡스의 또 다른 위대한 점은 죽음을 대하는 그의 태도입니다. 누구나 꺼리는 '죽음'에 대해 잡스가 매우 다른 관점을 가지고 있다는 것을 알게 되는 것은 말년에 췌장암에 걸려 시한부 인생을 살 때 보여준 그의 용기 때문입니다. 그는 "죽음은 삶의 가장 최고의 발명품"(Death is very likely the single best invention of life)이라고 말합니다. 왜냐하면, 세상 모든 것 – 모든 세속적 기대들, 명예, 실패에 대한 두려움 – 이런 모든 것들이 죽음 앞에서는 한갓 먼지처럼 흩어지면서 정말 중요한 것이 무엇인지 알려주기 때문이라고 잡스는 말합니다. 그는 "죽음은 삶을 바꾸며 낡은 것을 거두고 새것을 인도해 오는 동인動因"이라고 말합니다. 그러기에 짧은 인생을 사는 동안 남의 인생을 살지 말고, 결코 도그마에 현혹되지 말며, 다른 사람의 생각에 지배받지 말라고 합니다. 결국, 다른 사람의 생각이 아닌 자신 내면의 목소리에 귀 기울이며, 자신의 영감을 따를 것을 권고합니다.

잡스는 말합니다. "우리가 앞날을 내다보며 삶의 점들을 연결할 수는 없습니다. 단지 과거를 돌아보며 훗날 그 점들을 연결할 뿐입니다. 그렇지만 그 점들이 미래에 어떻게든 연결된다는 것을 믿어야 합니다. (You can't connect the dots looking forward. You can only connect them looking backwards, so you have to trust that the dots will somehow connect in your future)" 잡스는 세 개의 점을 이어보라고 말합니다. 그의 '세 개의 점 잇기'는 과거와 현재와 미래를 잇는 것이었습니다. 잡스는 "우리가 미래를 예견하고 살 수는 없으나, 시간이 지나고 나면 언젠가는 자신이 해온 일들을 잇게 될 것"이라고 말하고 있는 것입니다.

오늘 한번 세 개의 점을 이어보시렵니까? 현재까지 한 일을 돌아보며, 어떤 의미를 발견할 수 있을까요? 무엇보다도 중요한 것은 '자신을 믿는 것'이라고 잡스는 말합니다. 그리고 내면의 소리에 귀 기울이고, 자신의 인생을 사는 것이 중요하다고 합니다.

그가 한평생 자신을 채찍질하는 경구로 간직했던 글은 〈지구 카탈로그〉(The Whole Earth Catalog) 잡지의 마지막 호 뒤표지에 새겨진 문구였습니다. "부단히 추구하라, 끊임없이 나아가라!" (Stay hungry, Stay foolish)

이른 아침 외딴길 위를 가는 한 사람. 그 모습 뒤로 끝없이 이어진 시골길이 보입니다. 그곳에서 잡스가 손을 흔들며 말합니다.

Stay hungry, Stay foolish!
부단히 추구하라, 끊임없이 나아가라!